Peer Viking

DIE EISERNE LADY

DICK MATENA

Carlsen Verlag

CARLSEN COMICS
Lektorat: Uta Schmid-Burgk
1. Auflage Oktober 1991

Aus dem Holländischen von Harald Sachse
DE IJZEREN DAME

Lettering: Oliver Müller
Druck und buchbinderische Verarbeitung:
Casterman (Tournai/Belgien)
ISBN 3-551-01787-5

Printed in Belgium

HALT DURCH, THOR!
WIR SIND...
...UFF!...
...GLEICH DA!
UND, PAPI...?
SIND WIR IN NORWEGEN?
WENN DAS HIER NORWEGEN IST...
...DANN HABEN SIE ABER MÄCHTIG GEHAUST IN UNSEREN SCHÖNEN NADELWÄLDERN...
VIELLEICHT HATTEN SIE EINEN STRENGEN WINTER, PAPI...

ABER WENN DAS NICHT NORWEGEN IST... WO SIND WIR DANN?
KEINE AHNUNG... DABEI WAR ICH SO SICHER, DASS WIR DEN KURS GEHALTEN HABEN...
ICH WILL JA NICHTS GEGEN DEINE STEUERMANNSKUNST SAGEN, PAPI, ABER...
JA, JA, ICH WEISS! ...WENN MAN NACH DEN STERNEN UND NACH DER SONNE FAHREN WILL, MUSS MAN SIE SEHEN KÖNNEN...
GENAU!... ABER ES WAR TAGELANG BEWÖLKT! DAS HÄTTE JEDEM PASSIEREN KÖNNEN!
UNSINN! ICH WERDE ALT, JUNGE! FRÜHER BIN ICH NUR MEINER NASE NACH GEFAHREN UND KAM IMMER NACH HAUSE! BAH!
DANN TU'S DOCH JETZT AUCH, PAPI! ES KLAPPT BESTIMMT! KOMM ZUM BOOT!
NEIN! WIR HABEN NICHTS ZU ESSEN UND NICHTS ZU TRINKEN MEHR! WIR MÜSSEN LANDEINWÄRTS FAHREN!
IST DAS NICHT RISKANT OHNE WAFFEN?
HÄTTEST DU MIR NICHT UNSEREN EINZIGEN SPEER AUS DER HAND GESCHLAGEN, ALS ICH DEN DELPHIN FANGEN WOLLTE, DANN GÄBE ES JETZT WAS ZU ESSEN, UND WIR HÄTTEN EINE WAFFE!
ABER ER SAH UNS SO FREUNDLICH AN, PAPI! ALS OB ER LACHTE!... HOFFEN WIR, DASS DIE MENSCHEN HIER GENAUSO FREUNDLICH SIND!
ABER NACH STUNDENLANGEM MARSCH...
NICHTS! KEINE LEBENDE SEELE ZU SEHEN! NUR FELSEN, MOOS UND GRAS!... UND DUNKEL WIRD'S AUCH SCHON!
WENIGSTENS HAT SICH DER WIND ENDLICH GELEGT!
JA, ABER DAFÜR FÄNGT'S AN ZU REGNEN!
WIND, REGEN, ALL DAS GRÜN... IRGENDWIE KOMMT MIR DAS HIER BEKANNT VOR AUS DEN ERZÄHLUNGEN ANDERER WIKINGER... DAS KÖNNTE IRLAND SEIN, DIE GRÜNE INSEL...
HABEN SIE AUCH WAS VON DEN MENSCHEN ERZÄHLT?
UND OB! JEDE MENGE RAUFBOLDE SOLL'S HIER GEBEN! LAUTER SÄUFER UND KRAWALLMACHER! ABER NICHT NUR DAS...
SIE ERZÄHLEN AUCH VON FREMDEN MAGIERN UND ZWERGEN, DIE MENSCHEN IN DIE UNTERWELT ENTFÜHREN! UND VON IRRLICHTERN IM MOOR, DIE DICH HINUNTERLOCKEN... EIN ÜBLER ORT, MEIN SOHN!
HE, SIEH MAL DA, PAPI!

EIN LICHT!
WO?
DA! ENDLICH MENSCHEN! ESSEN! TRINKEN! WÄRME!
DAS MIT DEN RAUFEREIEN IST BESTIMMT ÜBERTRIEBEN, GENAU WIE DIESER QUATSCH VON DEN IRRLICHTERN IM MOOR!
HALT, THOR! BLEIB DA!
DABLEIBEN?
BLOSS WEGEN DER SPRÜCHE VON EIN PAAR ABERGLÄUBISCHEN WIKINGERN?
VORWÄRTS, PAPI! STELL DICH NICHT SO AN!
KOMM... HEEE?!?
ICH... ICH SITZE FEST! ICH VERSINKE! HILF MIR, PAPI! DIE MOORGEISTER! IRRLICHTER! SIE... SIE HABEN MICH ZU FASSEN!
ICH HAB DICH JA GEWARNT, DU DUMMKOPF!
J... JA PAPI, ICH WILL MICH AUCH NIE WIEDER DARÜBER LUSTIG MACHEN!... ABER HOL MICH BITTE HIER RAUS!
BLEIB RUHIG! UND NICHT BEWEGEN! ICH SUCHE WAS, UM DICH RAUSZUZIEHEN!
BEWEGEN? ICH KANN MICH ÜBERHAUPT NICHT BEWEGEN. ICH SITZE FEST WIE EINGEMAUERT!
EINEN STOCK! ODER EINEN AST! ABER WO, BEI ALLEN GÖTTERN, FINDE ICH HIER SO WAS?
KEIN BAUM UND KEIN STRAUCH ZU SEHEN! NUR MOOS UND STEINE!
DANN MUSS ICH ES MIT BLOSSEN HÄNDEN VERSUCHEN... WENN ICH IMMER AUF DEN STEINEN BLEIBE, KANN ICH NICHT WEGSACKEN...
ZU... ZU SPÄT, PAPI! BLEIB DA! SIE... SIE ZIEHEN MICH HINUNTER, DIE MOORGEISTER! ICH SPÜRE, WIE IHRE HÄNDE MEINE FÜSSE UMKLAMMERN!

HÄNDE? DAS... DAS GEHT ZU WEIT! HALTE AUS, THOR! ICH... ICH...
SIE STRAFEN MICH, WEIL ICH SIE AUSGELACHT HABE!
L... LEB WOHL, VATER! DU MUSST DEN WEG NACH HAUSE JETZT ALLEIN FINDEN. GRÜSS MUTTI VON MIR ... ICH ... ICH... HIIIILFFF...
THOR!
MEIN SOHN!
VERSCHWUNDEN!
TOT...
ICH WERDE IHN... SCHNIEF... NIE WIEDERSEHEN...
DOCH. HÖRE...
W... WAS? WIE?
FOLGE MIR, UND ICH WERDE DICH ZU IHM BRINGEN...
BEI DEN GÖTTERN WALHALLAS! DAS IST DER SCHUFT, DER THOR IN DEN TÜMPEL GELOCKT HAT!
KOMM SCHON HINTER DEINEM LICHT HERVOR, WENN DU MUT HAST!
DAS KANN ICH NICHT! ICH BIN DAS LICHT!
ACH, ICH DUMMKOPF! JETZT TRETE ICH SELBST HINEIN!
HIHIHI! ICH SOLL DICH ALSO ZU DEINEM SOHN BRINGEN! GEHT GLEICH LOS. MEINE KLEINEN FREUNDE ÜBERNEHMEN DANN DEN REST...

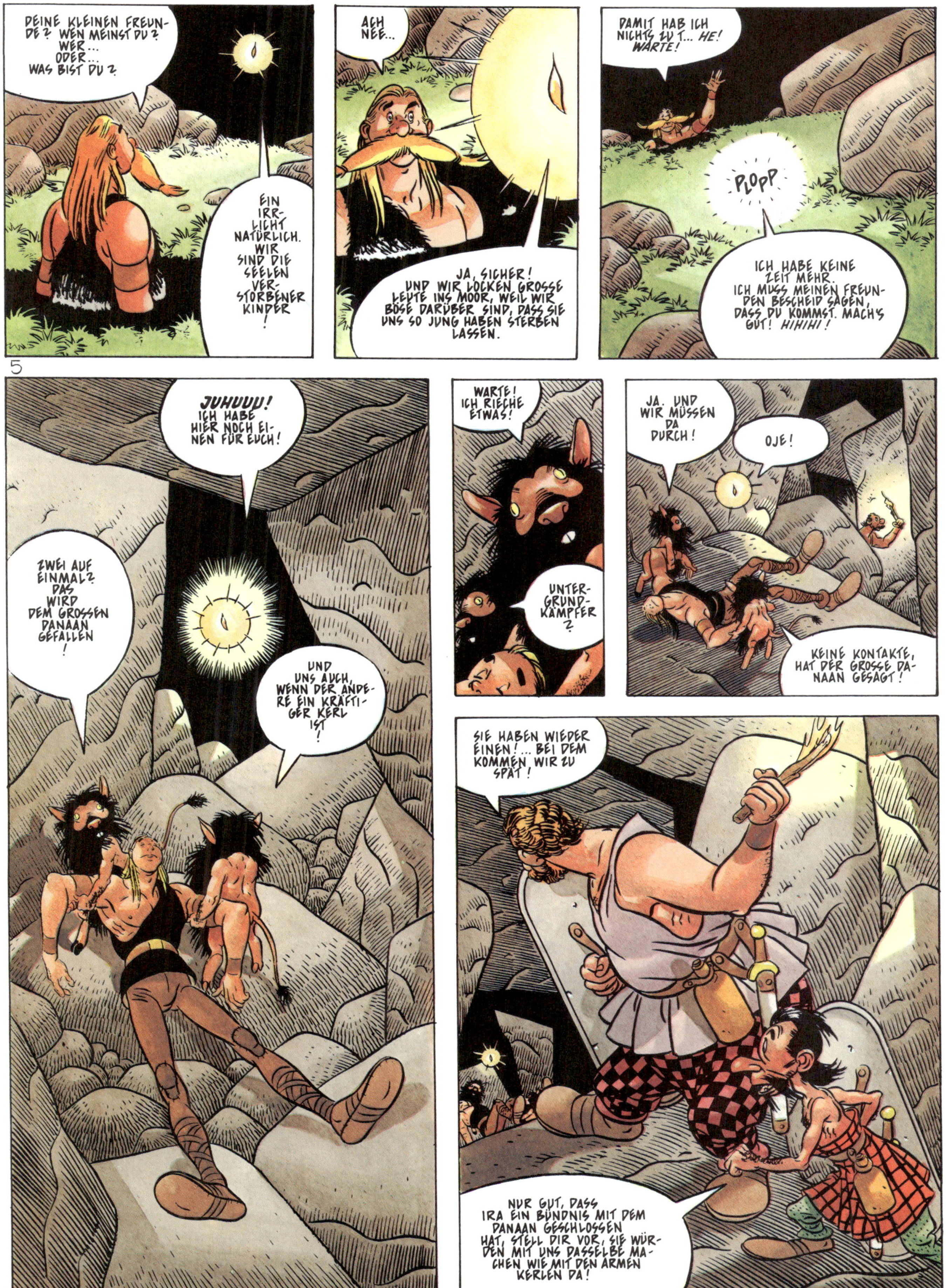

DEINE KLEINEN FREUNDE? WEN MEINST DU? WER... ODER... WAS BIST DU?
EIN IRRLICHT NATÜRLICH. WIR SIND DIE SEELEN VERSTORBENER KINDER!
ACH NEE...
JA, SICHER! UND WIR LOCKEN GROSSE LEUTE INS MOOR, WEIL WIR BÖSE DARÜBER SIND, DASS SIE UNS SO JUNG HABEN STERBEN LASSEN.
DAMIT HAB ICH NICHTS ZU T... HE! WARTE!
PLOPP
ICH HABE KEINE ZEIT MEHR. ICH MUSS MEINEN FREUNDEN BESCHEID SAGEN, DASS DU KOMMST. MACH'S GUT! HIHIHI!
JUHUUU! ICH HABE HIER NOCH EINEN FÜR EUCH!
ZWEI AUF EINMAL? DAS WIRD DEM GROSSEN DANAAN GEFALLEN!
UND UNS AUCH, WENN DER ANDERE EIN KRÄFTIGER KERL IST!
WARTE! ICH RIECHE ETWAS!
UNTERGRUNDKÄMPFER?
JA. UND WIR MÜSSEN DA DURCH!
OJE!
KEINE KONTAKTE, HAT DER GROSSE DANAAN GESAGT!
SIE HABEN WIEDER EINEN!... BEI DEM KOMMEN WIR ZU SPÄT!
NUR GUT, DASS IRA EIN BÜNDNIS MIT DEM DANAAN GESCHLOSSEN HAT, STELL DIR VOR, SIE WÜRDEN MIT UNS DASSELBE MACHEN WIE MIT DEN ARMEN KERLEN DA!

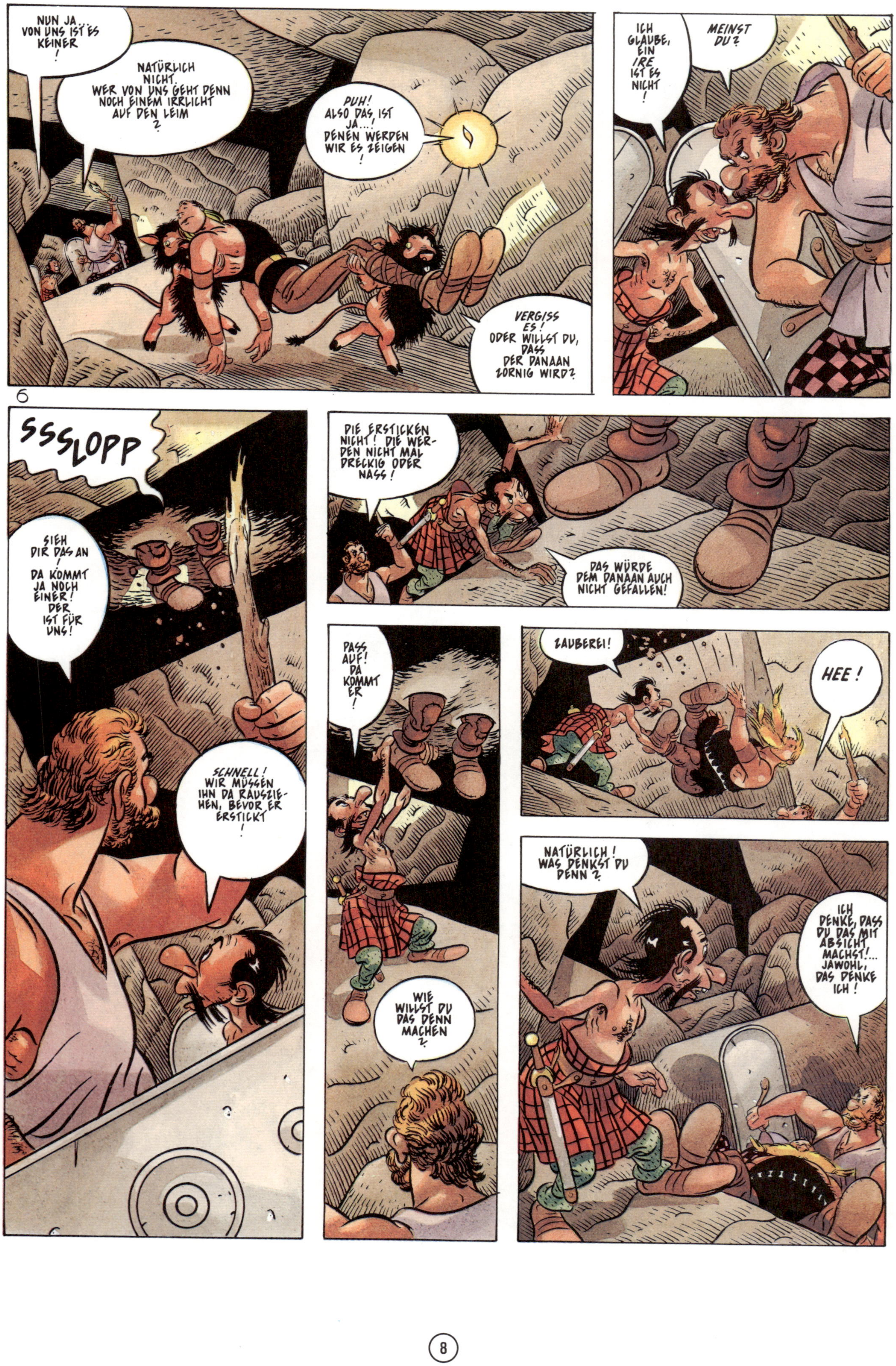
NUN JA... VON UNS IST ES KEINER!
NATÜRLICH NICHT. WER VON UNS GEHT DENN NOCH EINEM IRRLICHT AUF DEN LEIM?
PUH! ALSO DAS IST JA...! DENEN WERDEN WIR ES ZEIGEN!
VERGISS ES! ODER WILLST DU, DASS DER DANAAN ZORNIG WIRD?
ICH GLAUBE, EIN IRE IST ES NICHT!
MEINST DU?
SSSLOPP
SIEH DIR DAS AN! DA KOMMT JA NOCH EINER! DER IST FÜR UNS!
SCHNELL! WIR MÜSSEN IHN DA RAUSZIEHEN, BEVOR ER ERSTICKT!
DIE ERSTICKEN NICHT! DIE WERDEN NICHT MAL DRECKIG ODER NASS!
DAS WÜRDE DEM DANAAN AUCH NICHT GEFALLEN!
PASS AUF! DA KOMMT ER!
WIE WILLST DU DAS DENN MACHEN?
ZAUBEREI!
HEE!
NATÜRLICH! WAS DENKST DU DENN?
ICH DENKE, DASS DU DAS MIT ABSICHT MACHST!... JAWOHL, DAS DENKE ICH!

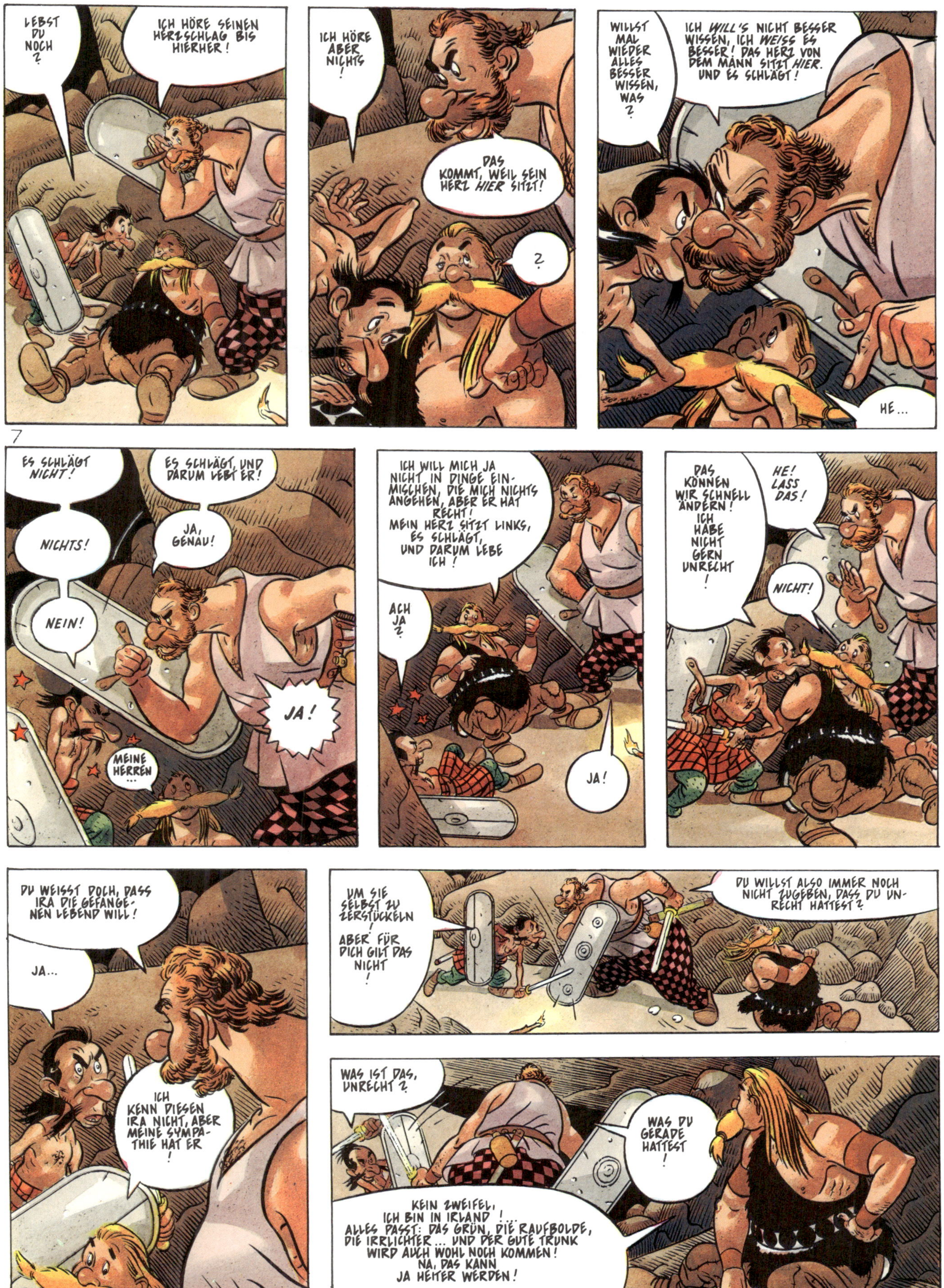
LEBST DU NOCH ?
ICH HÖRE SEINEN HERZSCHLAG BIS HIERHER !
ICH HÖRE ABER NICHTS !
DAS KOMMT, WEIL SEIN HERZ HIER SITZT !
?
WILLST MAL WIEDER ALLES BESSER WISSEN, WAS ?
ICH WILL'S NICHT BESSER WISSEN, ICH WEISS ES BESSER ! DAS HERZ VON DEM MANN SITZT HIER. UND ES SCHLÄGT !
HE...
ES SCHLÄGT NICHT !
ES SCHLÄGT, UND DARUM LEBT ER !
NICHTS !
JA, GENAU !
NEIN !
JA !
MEINE HERREN ...
ICH WILL MICH JA NICHT IN DINGE EINMISCHEN, DIE MICH NICHTS ANGEHEN, ABER ER HAT RECHT ! MEIN HERZ SITZT LINKS, ES SCHLÄGT, UND DARUM LEBE ICH !
ACH JA ?
JA !
DAS KÖNNEN WIR SCHNELL ÄNDERN ! ICH HABE NICHT GERN UNRECHT !
HE! LASS DAS !
NICHT !
DU WEISST DOCH, DASS IRA DIE GEFANGENEN LEBEND WILL !
JA...
ICH KENN DIESEN IRA NICHT, ABER MEINE SYMPATHIE HAT ER !
UM SIE SELBST ZU ZERSTÜCKELN ! ABER FÜR DICH GILT DAS NICHT !
DU WILLST ALSO IMMER NOCH NICHT ZUGEBEN, DASS DU UNRECHT HATTEST ?
WAS IST DAS, UNRECHT ?
WAS DU GERADE HATTEST !
KEIN ZWEIFEL, ICH BIN IN IRLAND !... ALLES PASST: DAS GRÜN, DIE RAUFBOLDE, DIE IRRLICHTER ... UND DER GUTE TRUNK WIRD AUCH WOHL NOCH KOMMEN ! NA, DAS KANN JA HEITER WERDEN !

UNTERDESSEN...
JETZT HÖRT MAL ZU: ICH WEISS NICHT, WER IHR SEID ODER WOHIN IHR MICH BRINGT, ABER LASST MICH DOCH BITTE WIEDER RUNTER, JA? ICH BIN NÄMLICH WIEDER ZU MIR GEKOMMEN.
SCHÖN FÜR DICH.
SEID AUF DER HUT! GROSSEN MENSCHEN KANN MAN NICHT TRAUEN!
WIR LASSEN DICH NUR RUNTER, WENN DU BRAV MIT UNS GEHST! TUST DU DAS NICHT, MÜSSEN WIR DICH BESTRAFEN!
BESTRAFEN? IHR? MICH?? ZWEI ZWERGE?
JA!
HAHAHAHAHA! DAS IST GUT!
ER GLAUBT UNS NICHT ... DANN BEWEISEN WIR'S IHM EBEN, OKAY?
OKAY.
HAHAHA...
AUF!
HA... A...
A...A...AA!
JAJA, DU KRIEGST DEN MUND NICHT MEHR ZU!
NATÜRLICH KÖNNEN WIR NICHT SO ZAUBERN WIE DER DANAAN, ABER EIN BISSCHEN SCHON...
SO, NUN SEI STILL UND KOMM MIT UNS! DANN PASSIERT DIR AUCH NICHTS! JEDENFALLS VORERST NICHT!
ZU!
KLAPP!
UAAAUAUW! MEINE ZUNGE! AUAUAW!
HIHI... IM GRUNDE IST ER EIN SPASSVOGEL! DER DANAAN WIRD SEINE FREUDE AN IHM HABEN!
FINDET DER DANAAN JEMALS WAS LUSTIG?
NIE!
AUAUAU! MICH AUSLACHEN, HE? DAS IST GEMEIN! ICH WERDE EUCH...
WAS FÜR EIN LÄRM! WARTEN WIR AB, BIS DIE SICH BERUHIGT HABEN! SCHLUCK! SCHLUCK!
MÖCHTE MAL HÖREN, WAS DU SAGST, WENN MAN DICH BELEIDIGT!
DIESE STIMME ... DAS KLINGT WIE... NEIN, DAS IST... THOR!

THOR! WARTE! ICH KOMME ZU DIR!
ZU SEINEM KUMPEL, NEHME ICH AN!
HEE! WO WILL DER DENN JETZT HIN?
NICHTS... SOLLTE ICH MICH GETÄUSCHT HABEN? ICH HÄTTE SCHWÖREN KÖNNEN...
THOOOR!
...OOOR...
PAPIS STIMME... BESTIMMT IST ER MIR INS MOOR GEFOLGT...
ER DENKT, SEIN VATER SEI IHM INS MOOR GEFOLGT!
IRRLICHT! BRING DEN VATER HER!
GUT! ABER SIE SOLLEN NICHT SO SCHREIEN, SONST WACHT DER DANAAN AUF!
....
LASS NUR! WIR ZAUBERN EIN BISSCHEN!... DU HAST JETZT KEINE STIMME MEHR!
PLOPP
SCHÖN! BIS DAHIN.
IRRLICHT HAT RECHT! DER DANAAN LÄSST SICH NICHT GERN IM SCHLAF STÖREN! KOMM!
HALLO!
DU SCHON WIEDER?
WARUM SO MISSTRAUISCH? ICH WILL DICH ZU DEINEM SOHN BRINGEN!
ZU THOR? DANN WAR ES ALSO DOCH!... JA, DANN LOS! WORAUF WARTEST DU?
NEIN! NEIN! NEIN!
?
BRRR! IST DAS NASS!

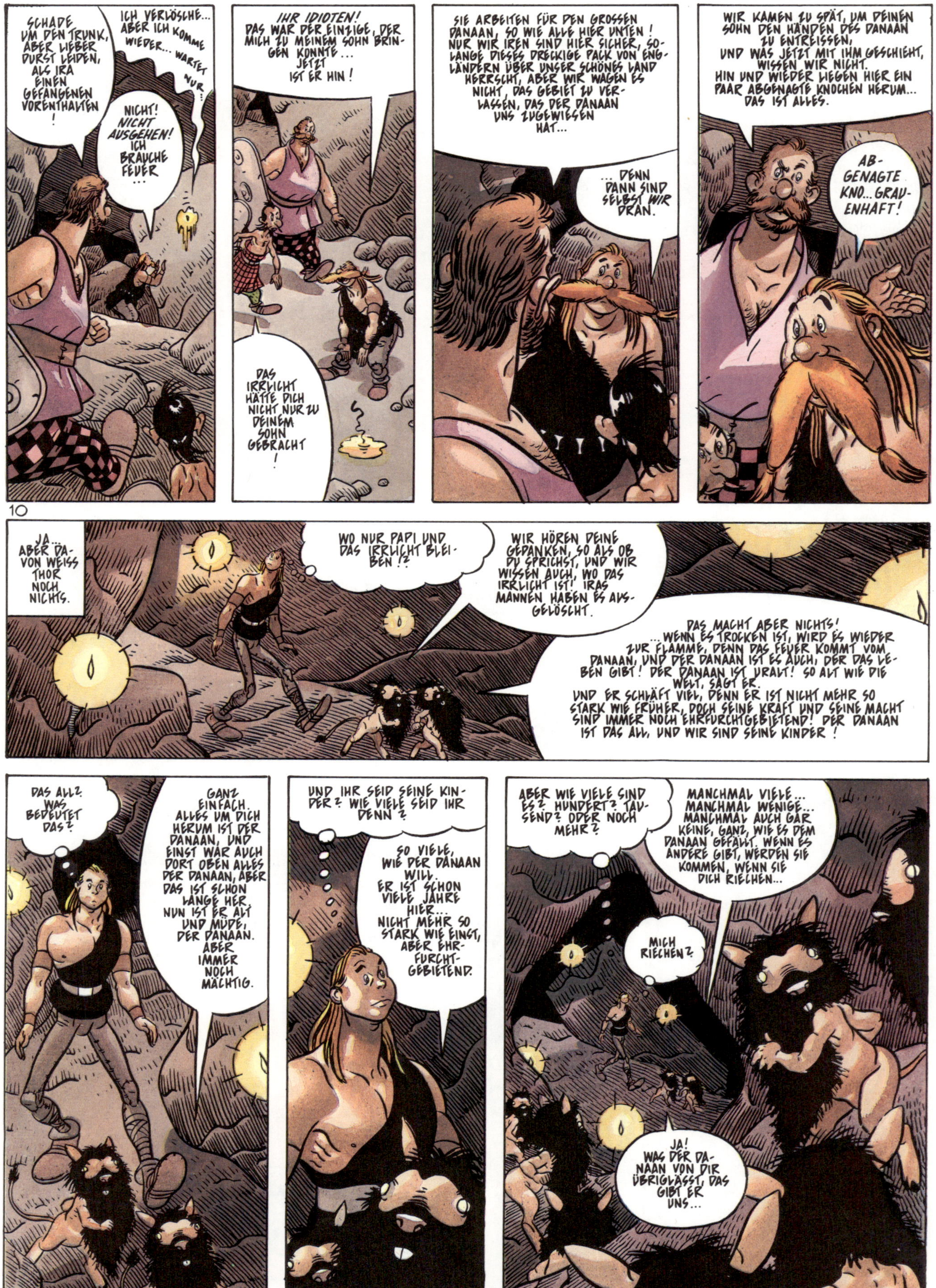
SCHADE UM DEN TRUNK, ABER LIEBER DURST LEIDEN, ALS IRA EINEN GEFANGENEN VORENTHALTEN !
ICH VERLÖSCHE... ABER ICH KOMME WIEDER... WARTET NUR...
NICHT! NICHT AUSGEHEN! ICH BRAUCHE FEUER ...
IHR IDIOTEN! DAS WAR DER EINZIGE, DER MICH ZU MEINEM SOHN BRINGEN KONNTE ... JETZT IST ER HIN !
DAS IRRLICHT HÄTTE DICH NICHT NUR ZU DEINEM SOHN GEBRACHT !
SIE ARBEITEN FÜR DEN GROSSEN DANAAN, SO WIE ALLE HIER UNTEN ! NUR WIR IREN SIND HIER SICHER, SOLANGE DIESES DRECKIGE PACK VON ENGLÄNDERN ÜBER UNSER SCHÖNES LAND HERRSCHT, ABER WIR WAGEN ES NICHT, DAS GEBIET ZU VERLASSEN, DAS DER DANAAN UNS ZUGEWIESEN HAT...
... DENN DANN SIND SELBST WIR DRAN.
WIR KAMEN ZU SPÄT, UM DEINEN SOHN DEN HÄNDEN DES DANAAN ZU ENTREISSEN, UND WAS JETZT MIT IHM GESCHIEHT, WISSEN WIR NICHT. HIN UND WIEDER LIEGEN HIER EIN PAAR ABGENAGTE KNOCHEN HERUM... DAS IST ALLES.
ABGENAGTE KNO... GRAUENHAFT!
10
JA... ABER DAVON WEISS THOR NOCH NICHTS.
WO NUR PAPI UND DAS IRRLICHT BLEIBEN !?
WIR HÖREN DEINE GEDANKEN, SO ALS OB DU SPRICHST, UND WIR WISSEN AUCH, WO DAS IRRLICHT IST! IRAS MANNEN HABEN ES AUSGELÖSCHT.
DAS MACHT ABER NICHTS! ... WENN ES TROCKEN IST, WIRD ES WIEDER ZUR FLAMME, DENN DAS FEUER KOMMT VOM DANAAN, UND DER DANAAN IST ES AUCH, DER DAS LEBEN GIBT! DER DANAAN IST URALT! SO ALT WIE DIE WELT, SAGT ER. UND ER SCHLÄFT VIEL, DENN ER IST NICHT MEHR SO STARK WIE FRÜHER, DOCH SEINE KRAFT UND SEINE MACHT SIND IMMER NOCH EHRFURCHTGEBIETEND! DER DANAAN IST DAS ALL, UND WIR SIND SEINE KINDER !
DAS ALL? WAS BEDEUTET DAS?
GANZ EINFACH. ALLES UM DICH HERUM IST DER DANAAN, UND EINST WAR AUCH DORT OBEN ALLES DER DANAAN, ABER DAS IST SCHON LANGE HER. NUN IST ER ALT UND MÜDE, DER DANAAN. ABER IMMER NOCH MÄCHTIG.
UND IHR SEID SEINE KINDER? WIE VIELE SEID IHR DENN ?
SO VIELE, WIE DER DANAAN WILL. ER IST SCHON VIELE JAHRE HIER... NICHT MEHR SO STARK WIE EINST, ABER EHRFURCHTGEBIETEND.
ABER WIE VIELE SIND ES? HUNDERT? TAUSEND? ODER NOCH MEHR?
MANCHMAL VIELE... MANCHMAL WENIGE... MANCHMAL AUCH GAR KEINE, GANZ, WIE ES DEM DANAAN GEFÄLLT. WENN ES ANDERE GIBT, WERDEN SIE KOMMEN, WENN SIE DICH RIECHEN...
MICH RIECHEN?
JA! WAS DER DANAAN VON DIR ÜBRIGLÄSST, DAS GIBT ER UNS...

RIECH MAL!
FLEISCH!
VIEL FLEISCH!
FLEISCH?
GROSS!
...UND LANG!
...UND LECKER!
NICHT DIE AUGEN! NICHT DIE AUGEN!
NICHT DIE AUGEN...
NEIN!
DEN REST!
DOCH!
FÜHL MAL!
HE! BLEIBT MIR VOM LEIBE!
ICH BIN KEINE KUH! ICH BIN... ICH B... BIN... ICH... AA!! DAS HAAR... WIE DAS KRIBBELT... ICH... I... ICH... AAAAAAA...
ES IST GENUG DA!
IM ERNST?
JA! INNEN UND AUSSEN!
...TSCHI!
BADUMM!
BANG!
WAS FÜR EIN LÄRM!
DAS IST OBEN AUF DER ERDE!
DIE MÄNNER DER EISERNEN LADY!
SCHNELL WEG HIER!

11

BLAMM!
KNALL!
HE? WAS IST LOS? WARUM VERSCHWINDEN DIE AUF EINMAL ALLE?
BLADAMM!
DER KRACH WECKT DEN DANAAN!
SCHADE UM DAS FLEISCH!
ER REDET WIEDER! SO EIN NIESANFALL WIRKT WUNDER!
PLOPP
PLOPP
PLOPP
PLOPP
12
WAS IST DAS FÜR EIN RADAU? HÖRT SICH AN WIE EIN DONNERSCHLAG!
BLAMM
DAS IST DIE STIMME DER EISERNEN LADY! SIE GREIFT IRA AN!
BANG!
BLAMM!
KNALL!
DIE EISERNE LADY, WER IST DAS?
OWEIA! ES WIRD DUNKEL! DER DANAAN ... ER ERWACHT!
BANG!
ER LÄSST SICH NICHT GERN WECKEN, BEVOR ES ZEIT IST! DER DANAAN IST ALT UND MÜDE...
PENG!
BLAMM!
... ABER EHRFURCHTGEBIETEND!
PLOPP
?
PLOPP
UUUWAAAAAHAAAP! ICH BIN DER DANAAN, UND ICH BIN ALT UND MÜDE, ABER EHRFURCHTGEBIETEND! WER WAGT ES, MICH ZU WECKEN? WER?
WER?
?
WER?
WER?

UNTERDESSEN...
UFF... DAS SCHLIMMSTE IST VORÜBER, GLAUBE ICH.
WAS... WAS WÄR DAS FÜR EIN KRACH ?
BRITEN! MÄNNER DER EISERNEN LADY, DIE WIEDER EINMAL VERSUCHEN, ZU UNSEREM VERSTECK VORZUDRINGEN!
VERSUCHEN? SIE SIND SCHON DRIN!
JA, DAS DA IST EINER!
EIN WAS?
TOD DEN IRISCHEN HUNDEN!
FÜR IRA! SCHLAGT DRAUF!
EIN BRITE!
...UND WIE MAN HÖRT, IST ER NICHT ALLEIN! KOMM MIT! FÜR IRA O'DONNELL UND IRLAND! SCHLAGT DRAUF!
FÜR IRA!
HALTET DAGEGEN, MÄNNER!
ZURÜCK MIT EUCH!
NICHT ZURÜCKWEICHEN! KÄMPFEN BIS ZUM LETZTEN MANN!
BRITEN? HIER, UNTER DER ERDE? DA MUSS VERRAT IM SPIEL SEIN!
FÜR IRA O'DONNELL!
HEEE !!? UND WAS MACH ICH JETZT?
KEINE REAKTION! MAL SEHEN, WAS DA EIGENTLICH LOS IST!
FÜR DIE EISERNE LADY!
IRA!
TOD DEM BRITENPACK!
13
FÜR IRLAND!
HACKT SIE IN STÜCKE!
FÜR IRA UND IRLAND! TOD DEN BRITEN!
STANDHAFT, MÄNNER!
NUR ZU!

ANDERSWO...
ICH BIN DER DANAAN, DAS ALL, ICH HABE AUGEN VON JUNGEN UND ALTEN, VON ARMEN UND REICHEN, UND DOCH IST UM MICH NICHTS ALS FINSTERNIS!... WEH MIR, ICH BIN ZU BEKLAGEN!
LUSTIG, DIE VIELEN AUGEN ... OB DIE ALLE DEM DANAAN GEHÖREN?
ABER WARUM DENN? DU BIST DAS ALL! WAS WILLST DU MEHR?
WEH MIR, DEM DANAAN, DER DAS ALL IST, ABER DES TAGES LICHT NICHT SIEHT...
WENN DU DAS WILLST, MUSST DU NACH OBEN GEHEN!
NEIN, ICH BIN GEKETTET AN DIE EWIGE NACHT, ICH SUCHE DAS LICHT IN AUGEN WIE DEN DEINEN!
WIE... WIE DEN MEINEN?
UNTERDESSEN...
ICH WEISS NICHT EINMAL, WER HIER WER IST UND WARUM SIE SICH SCHLAGEN, ABER DAS IST MIR AUCH EGAL...
HAUT DRAUF!
TOD DER EISERNEN LADY!
EISERNE LADY... DANAAN... DAS INTERESSIERT MICH ALLES NICHT... ICH GEHE LIEBER DEN AUSGANG SUCHEN... DEN HELM HIER UND DAS SCHWERT NEHME ICH MIT...
HE, DU DA! HABT IHR DIE VERDAMMTEN IREN SCHON GEFUNDEN?
ÄH... IREN?

JA, IRA O'DONNELL UND SEINE LEUTE... WO SIND SIE?
IN DER RICHTUNG!
WENN SIE IN DER RICHTUNG SIND, WARUM LÄUFST DU DANN IN DIE ANDERE?
ÄH...
DU BIST DOCH KEIN FEIGLING, ODER?... DU WOLLTEST DOCH AUCH DORTHIN, NICHT?
...DU WEISST DOCH, WAS DIE EISERNE LADY MIT DESERTEUREN MACHT, HE?
UND WENN SIE ES NICHT TUT ... ICH TU ES GANZ BESTIMMT!
SIE ERGEBEN SICH! DIE IRISCHEN HUNDE ERGEBEN SICH!
HÖRT IHR DAS?
JAAAH, WIR HABEN GEWONNEN!
HURRA!
UNTERDESSEN...
ABER NATÜRLICH VERSTEHE ICH, DASS DU GERNE NACH OBEN MÖCHTEST, UM DAS TAGESLICHT ZU SEHEN, DIE WOLKEN, DIE VÖGEL, DAS MEER, DIE SONNE UND DEN MOND...
AAH, DAS MEER, DIE SONNE UND DEN MOND...
...UND DASS DU AUGEN SAMMELST, IN DER HOFFNUNG, ZU SEHEN, WAS SIE GESEHEN HABEN...
...ABER MIT MEINEN KANNST DU NICHT VIEL ANFANGEN, DENN ICH HABE HIER IN IRLAND BIS JETZT NICHTS ALS REGEN GESEHEN, HAHAHA...
REGEN, AAH!
...ABER WENN ICH AN NORWEGEN DENKE, MIT SEINEN DUFTENDEN WÄLDERN UND SEINEN SCHNEEBEDECKTEN BERGGIPFELN, DIE IM SONNENLICHT GLÄNZEN, DANN BEDAURE ICH DICH WIRKLICH...
ER BEDAUERT MICH, DEN DANAAN, DAS ALL! WEH MIR!
UND WENN ICH DEN PRÄCHTIGEN NORWEGISCHEN HIMMEL VOR MIR SEHE, MIT ALL SEINEN FUNKELNDEN STERNEN...
FUNKELNDE STERNE! SEUFZ... ER SIEHT SIE! SIEHT SIE VOR SICH!

DIE FRISCHE EINES FRÜHLINGSMORGENS, EINEN ERQUICKENDEN MÄRZREGEN, DESSEN TROPFEN ICH SO RICHTIG FÜHLEN KANN...
EIN REGEN... JA, ES REGNET...
...WENN MEINE VIELEN AUGEN WEINEN...
DANN PLÖTZLICH WEHEN WIEDER ANDERE DÜFTE DURCH DIE LUFT...
DUNKLE WOLKEN ZIEHEN SICH ZUSAMMEN! EIN BLITZSTRAHL... ZACK... EIN DONNERSCHLAG! BADUMM! DER HIMMEL ÖFFNET SEINE PFORTEN, UND WASSER FÄLLT HERAB! WASSER!
O JA! SEUFZ... WASSER FÄLLT HERAB... MEINE TRÄNEN FLIESSEN...
DAS LEID VON JAHRHUNDERTEN SCHREIE ICH HINAUS... SEUFZ... ERZÄHL WEITER...
ÄH... GERN... WENN DU MIR SAGST, WO ALL DAS WASSER AUF EINMAL HERKOMMT!
VIELLEICHT EIN UNTERIRDISCHER BACH...
...DER MICH NOCH TIEFER HINABREISST...
NEIN... SEUFZ... NACH OBEN!
SEUFZ... NACH DRAUSSEN!
SEHR FREUNDLICH, ABER... WARUM? DU WOLLTEST DOCH MEINE AUGEN...
NICHT MEHR... SEUFZ... MEINE TRÄNEN WERDEN DAS TAGESLICHT EINFANGEN UND WIEDER IM ERDREICH VERSICKERN... SEUFZ... UND ICH WERDE ALLES SEHEN... HAB DANK, STERBLICHER! WENN DU MICH BRAUCHST, DANN STAMPFE FEST AUF DEN BODEN, UND ICH WERDE KOMMEN!
GERN! VIELEN DANK AUCH.
16

BRRR!
BRRR, IST DAS WASSER KALT!
DER DANAAN HAT GROSSEN KUMMER... OB JETZT ALLES DA UNTEN ÜBERFLUTET IST?
JA... VON DEN TRÄNEN DES DANAAN WIRD ALLES GRÜNDLICH DURCHGESPÜLT ...
AUS ALLEN ECKEN UND ALLEN LÖCHERN SCHIESSEN SIE HERVOR...
SIE SPÜLEN BRITEN HINAUS...
...IREN...
...UND AUCH EINEN EINSAMEN NORMANNEN...
WAS FÜR EIN LAND! BAH!

WASSER ÜBER DER ERDE, WASSER UNTER DER ERDE!
ICH GEHE ZUM BOOT ZURÜCK, FALLS ICH ES ÜBERHAUPT WIEDERFINDE...
THOR WIRD DASSELBE TUN, FALLS ER ÜBERHAUPT NOCH LEBT...
ABER ICH HABE WENIG HOFFNUNG, DASS ICH IHN JE ZURÜCKBEK... UPS!
WO GEHT'S DENN JETZT WIEDER HIN, DESERTEUR?
ICH BIN KEIN DESERTEUR! ICH BIN AUCH KEIN BRITE, UND ICH BIN SCHON GAR KEIN IRE!
SO, WAS BIST DU DANN?
EIN NORMANNE!
EIN NORMANNE?!?
DAS IST JA NOCH SCHLIMMER ALS EIN IRE!
EIN PIRAT! EIN SEERÄUBER!
NEIN, ICH...
PACKT IHN, DEN PLÜNDERER!
18
EIN SCHÖNER HAUFEN! DA STEHEN WIR MITTEN IM MORAST, UNSERE FEUERWAFFEN VERLOREN, UND DIE HÄLFTE UNSERER MÄNNER SIND...
WIR HABEN ETWAS ANDERES FÜR DICH, HAUPTMANN!
?
EINEN WIKINGER!
DER KANN UNS SCHÖN DURCH DAS MOOR FÜHREN, HEHEHE!
WIR HABEN UNS AN DIESER KÜSTE OFFENBAR UNBELIEBT GEMACHT...
GEH SCHON VORAN! EIN WIKINGER IST KEIN GROSSER VERLUST!
MEINT IHR?

NICHT WEIT ENTFERNT...
KEIN MENSCH ZU SEHEN. ICH DENKE, ICH GEHE ZURÜCK ZUM BOOT UND WARTE AUF PAPI... FALLS ER NOCH AM LEBEN IST...
?
HALLO...
ACH, DU WIEDER...
WIE KOMMST DU HIERHER? BIST DU NICHT VERLOSCHEN IM TRÄNENFLUSS DES DANAAN?
NEIN, DAS HATTEN DIE UNTERGRUNDKÄMPFER SCHON BESORGT...
UND ALS ICH TROCKEN WAR, HABE ICH DEN BRITEN IM AUSTAUSCH GEGEN EIN FEUER DEN WEG GEZEIGT ZU DEM GEHEIMEN EINGANG DER UNTERGRUNDKÄMPFER... DENN DANAAN SCHLIEF UND KONNTE MIR NICHT HELFEN. UND MIR WAR SO KALT...
BRITEN?
JA, DIE MÄNNER DER EISERNEN LADY...
EISERNE LADY?
SCHON GUT, DU WEISST JA VON NICHTS... KOMM, ICH WERDE DICH DURCH DAS MOOR ZU DEINEM BOOT BRINGEN...
ICH HABE NÄMLICH GEHÖRT, DASS DER DANAAN IN DEINER SCHULD STEHT, UND ER WÜRDE BESTIMMT SEHR BÖSE AUF MICH SEIN... WENN ICH DIR ALSO HELFE, DANN...
HELLUP!
HÖRST DU DAS?
JA! HIHI! ICH GLAUBE, DA SITZT JEMAND IM MOOR FEST!
HILFE!
IHR HABT GLÜCK!
HALTET DURCH! ICH KOMME!
?
JA, SIEH MAL AN! DAS IST DOCH DER SOHN VON DEM KERL, DEN WIR GEFANGEN HATTEN!

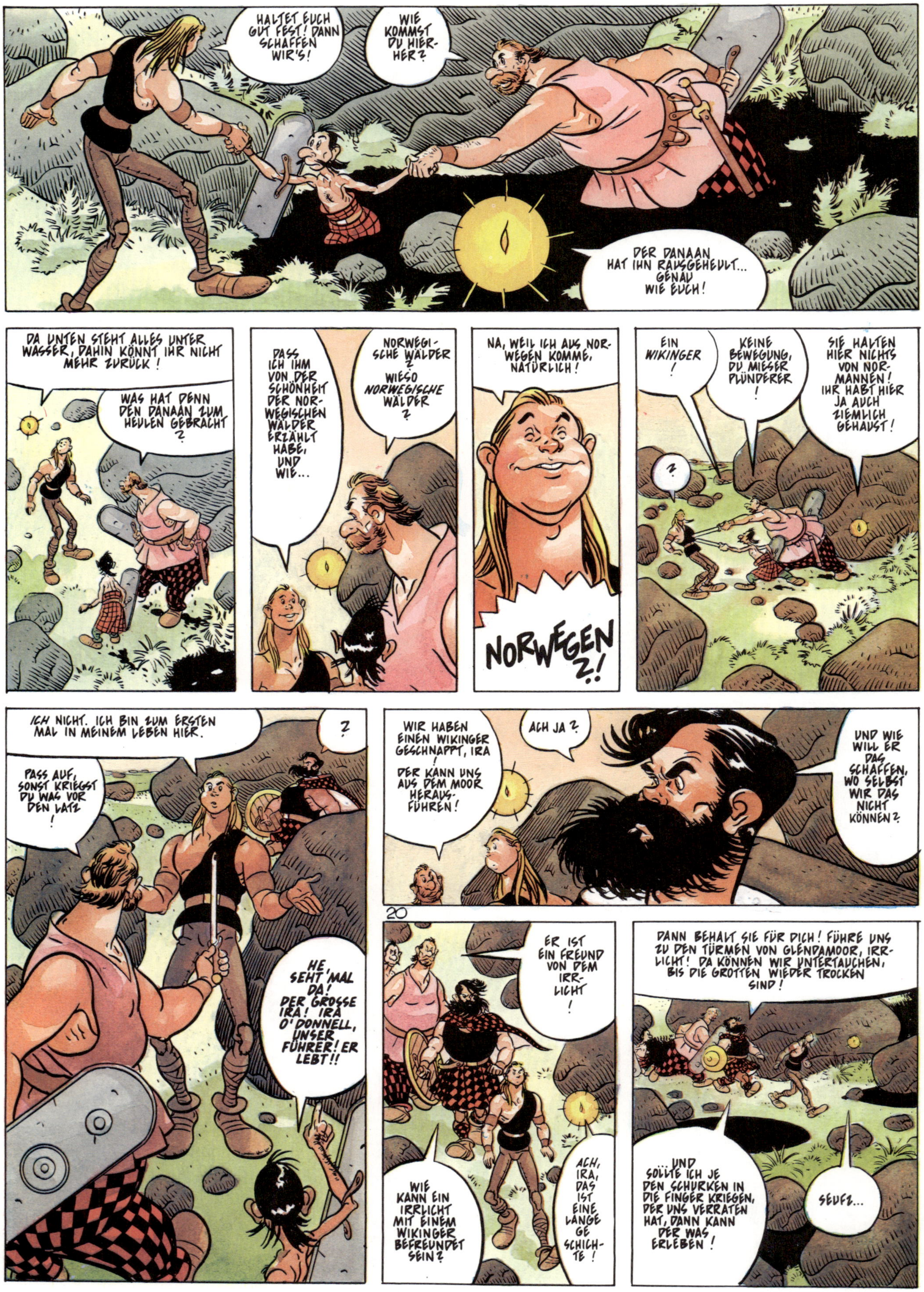
HALTET EUCH GUT FEST! DANN SCHAFFEN WIR'S!
WIE KOMMST DU HIERHER?
DER DANAAN HAT IHN RAUSGEHEULT... GENAU WIE EUCH!
DA UNTEN STEHT ALLES UNTER WASSER, DAHIN KÖNNT IHR NICHT MEHR ZURÜCK!
WAS HAT DENN DEN DANAAN ZUM HEULEN GEBRACHT?
PASS ICH IHM VON DER SCHÖNHEIT DER NORWEGISCHEN WÄLDER ERZÄHLT HABE, UND WIE...
NORWEGISCHE WÄLDER? WIESO NORWEGISCHE WÄLDER?
NA, WEIL ICH AUS NORWEGEN KOMME, NATÜRLICH!
NORWEGEN?!
EIN WIKINGER!
KEINE BEWEGUNG, DU MIESER PLÜNDERER!
SIE HALTEN HIER NICHTS VON NORMANNEN! IHR HABT HIER JA AUCH ZIEMLICH GEHAUST!
?
ICH NICHT. ICH BIN ZUM ERSTEN MAL IN MEINEM LEBEN HIER.
?
PASS AUF, SONST KRIEGST DU WAS VOR DEN LATZ!
HE, SEHT MAL DA! DER GROSSE IRA! IRA O'DONNELL, UNSER FÜHRER! ER LEBT!!
WIR HABEN EINEN WIKINGER GESCHNAPPT, IRA! DER KANN UNS AUS DEM MOOR HERAUSFÜHREN!
ACH JA?
UND WIE WILL ER DAS SCHAFFEN, WO SELBST WIR DAS NICHT KÖNNEN?
ER IST EIN FREUND VON DEM IRRLICHT!
WIE KANN EIN IRRLICHT MIT EINEM WIKINGER BEFREUNDET SEIN?
ACH, IRA, DAS IST EINE LANGE GESCHICHTE!
DANN BEHALT SIE FÜR DICH! FÜHRE UNS ZU DEN TÜRMEN VON GLENDAMOOR, IRRLICHT! DA KÖNNEN WIR UNTERTAUCHEN, BIS DIE GROTTEN WIEDER TROCKEN SIND!
... UND SOLLTE ICH JE DEN SCHURKEN IN DIE FINGER KRIEGEN, DER UNS VERRATEN HAT, DANN KANN DER WAS ERLEBEN!
SEUFZ...

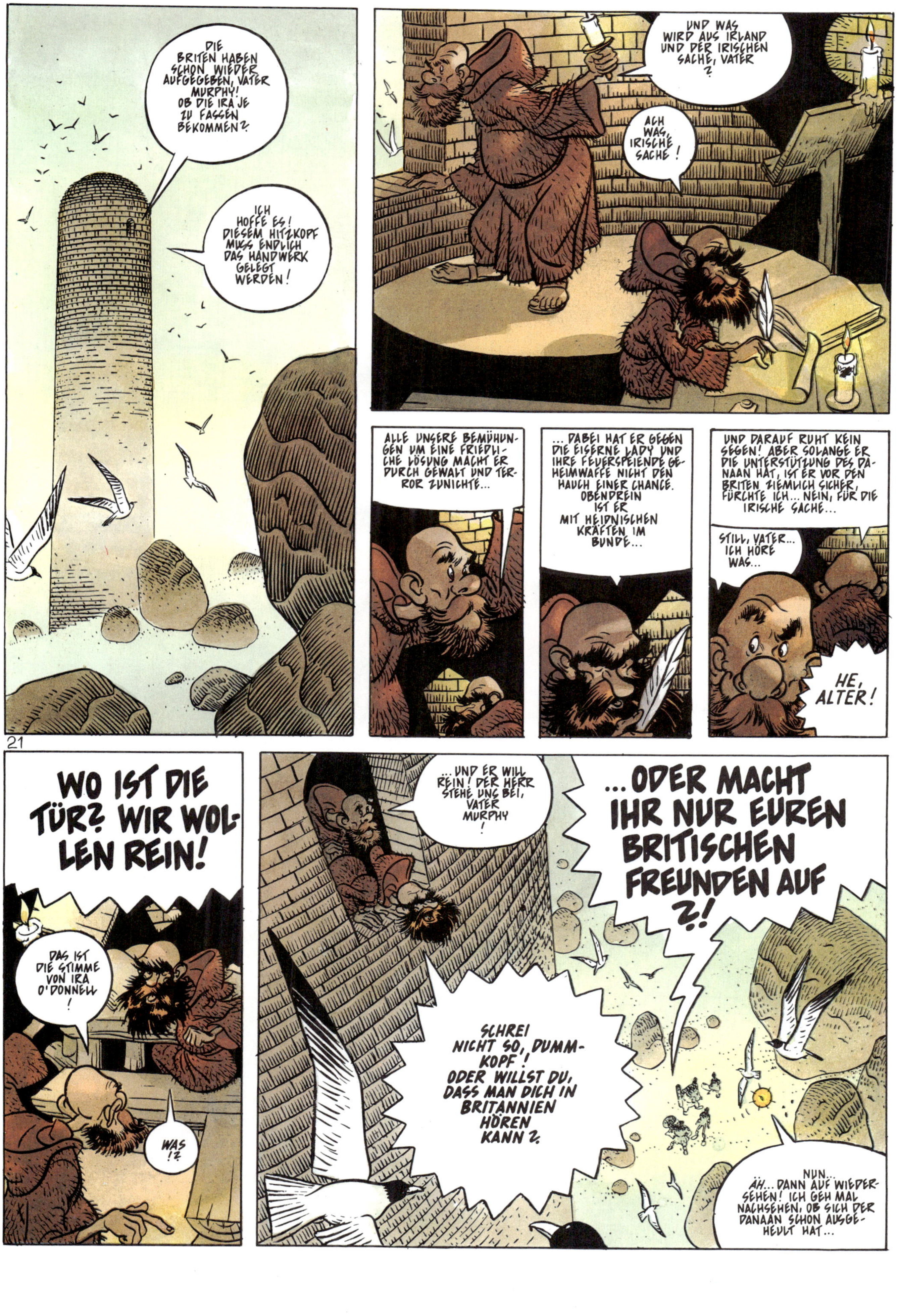
DIE BRITEN HABEN SCHON WIEDER AUFGEGEBEN, VATER MURPHY! OB DIE IRA JE ZU FASSEN BEKOMMEN?
ICH HOFFE ES! DIESEM HITZKOPF MUSS ENDLICH DAS HANDWERK GELEGT WERDEN!
UND WAS WIRD AUS IRLAND UND DER IRISCHEN SACHE, VATER?
ACH WAS, IRISCHE SACHE!
ALLE UNSERE BEMÜHUNGEN UM EINE FRIEDLICHE LÖSUNG MACHT ER DURCH GEWALT UND TERROR ZUNICHTE...
... DABEI HAT ER GEGEN DIE EISERNE LADY UND IHRE FEUERSPEIENDE GEHEIMWAFFE NICHT DEN HAUCH EINER CHANCE. OBENDREIN IST ER MIT HEIDNISCHEN KRÄFTEN IM BUNDE...
UND DARAUF RUHT KEIN SEGEN! ABER SOLANGE ER DIE UNTERSTÜTZUNG DES DANAAN HAT, IST ER VOR DEN BRITEN ZIEMLICH SICHER, FÜRCHTE ICH... NEIN, FÜR DIE IRISCHE SACHE...
STILL, VATER... ICH HÖRE WAS...
HE, ALTER!
21
WO IST DIE TÜR? WIR WOLLEN REIN!
DAS IST DIE STIMME VON IRA O'DONNELL!
WAS!?
... UND ER WILL REIN! DER HERR STEHE UNS BEI, VATER MURPHY!
... ODER MACHT IHR NUR EUREN BRITISCHEN FREUNDEN AUF?!
SCHREI NICHT SO, DUMMKOPF! ODER WILLST DU, DASS MAN DICH IN BRITANNIEN HÖREN KANN?
NUN... ÄH... DANN AUF WIEDERSEHEN! ICH GEH MAL NACHSEHEN, OB SICH DER DANAAN SCHON AUSGEHEULT HAT...

NOCH SPÄTER...
PSST! HIERHER!
AHA! DAS DA IST DER EINGANG!
EIN UNTERIRDISCHER GANG ZUM TURM! PRAKTISCH! SO HÄLT MAN SICH UNERWÜNSCHTEN BESUCH VOM LEIBE!
SO DUMM SIND DIE MÖNCHE GAR NICHT!
DA GEHT'S NACH OBEN! ICH BLEIBE MIT DER FACKEL DICHT HINTER DIR!
NA, ALTER DRUIDE! WIE STEHT'S?
ICH BIN SCHON LANGE KEIN DRUIDE MEHR, DAS WEISST DU GANZ GENAU!
SCHADE! EIN BISSCHEN ZAUBEREI KÖNNTE UNS VIELLEICHT HELFEN IN UNSEREM KAMPF GEGEN DAS BRITENPACK!
DAS EINZIGE, DAS UNSEREM IRLAND NOCH HELFEN KANN, IST DIESES BUCH HIER, DAS UNS LEHRT, UNSERE FEINDE ZU LIEBEN UND IHNEN AUCH DIE LINKE BACKE HINZUHALTEN, WENN SIE UNS AUF DIE RECHTE SCHLAGEN... LASS DICH BEKEHREN, IRA, SCHWÖRE DEN HEIDNISCHEN GÖTTERN AB...
... UND DIE DUNKLE WOLKE, DIE JETZT ÜBER IRLAND HÄNGT, WIRD ABZIEHEN!
DEINE FEINDE LIEBEN?
SICH WAS VOR DIE RÜBE HAUEN LASSEN?
SO?
KLATSCH!
AU!
UND NUN HALTE MIR DIE ANDERE BACKE HIN!
NEIN! DAS GILT NUR FÜR MEINE FEINDE!
FÜR FREUNDE HABE ICH DAS HIER!
DAS BUCH LÄSST SICH RECHT VIELSEITIG VERWENDEN, HIHI!

DU MIESER ALTER CHRISTENHUND! NIEMAND SCHLÄGT IRA O'DONNELL UNGESTRAFT EIN BUCH ÜBER DEN SCHÄDEL!
AU!
DAS IST NICHT EINFACH EIN BUCH! ES IST DIE EINZIGE WAHRHEIT, UND ES WIRD HÖCHSTE ZEIT, DASS DIR DIE IN DEINEN HEIDNISCHEN SCHÄDEL GERAMMT WIRD!
HA HAHA!
GUT SO, VATER! GEBT'S IHM!
DARÜBER LACHST DU?
MEINE HERREN!
AAAU!
NIMM DAS!
GUT GEMACHT, VATER SEAN!
JETZT HÖRT MAL...
AI!
NICHTS DA!
ABER SO HÖRT DOCH...
BAFF!
AU!
HÖRT IHR MIR JETZT ENDLICH MAL ZU?
WARUM TUT IHR EUCH NICHT ZUSAMMEN, STATT EUCH GEGENSEITIG DEN SCHÄDEL EINZUSCHLAGEN?
SICH ZUSAMMENTUN?
WAS FÜR EINE BLÖDE IDEE!
BESTIMMT KEIN IRE!
NEIN... DAFÜR REDET ER VIEL ZU KLUG!

UNTERDESSEN...
UFF! ENDLICH SIND WIR RAUS AUS DEM ELENDEN MOOR! EIN WUNDER, BEI DEM PLÖTZLICHEN NEBEL...
SIND NOCH ALLE MÄNNER DA?
JA! ABER WO IST DER WIKINGER?
JA, WO IST DER? GERADE WAR ER NOCH DA...
ACH, DER HAT SEINEN ZWECK ERFÜLLT! WAS MACHEN WIR JETZT?
WIR KÖNNTEN BEI DEN MÖNCHEN UNTERKRIECHEN, BIS SICH DER NEBEL VERZOGEN HAT!
GUTE IDEE! ALSO, MÄNNER, AUF ZUM TURM!
NA SCHÖN, EINVERSTANDEN! WIR SCHLAGEN EIN, UND DEN BRITEN SCHLAGEN WIR DIE RÜBE AB!
GENAU!
NEIN! WIR SCHLAGEN EIN, GEHEN ZU DEN BRITEN UND VERHANDELN!
VERHANDELN?
SICHER, WAS WILLST DU DENN GEGEN DIE EISERNE LADY AUSRICHTEN, SOLANGE SIE DIESES FEUERSPEIENDE KNALLDING BESITZT?
DA FÄLLT MIR WAS EIN...
WENN WIR DEN DONNERSTEIN HÄTTEN, BRÄUCHTEN WIR NICHT ZU VERHANDELN ... ABER WIE KOMMEN WIR AN DEN RAN?
VIELLEICHT KANN ICH EUCH HELFEN...
DU?

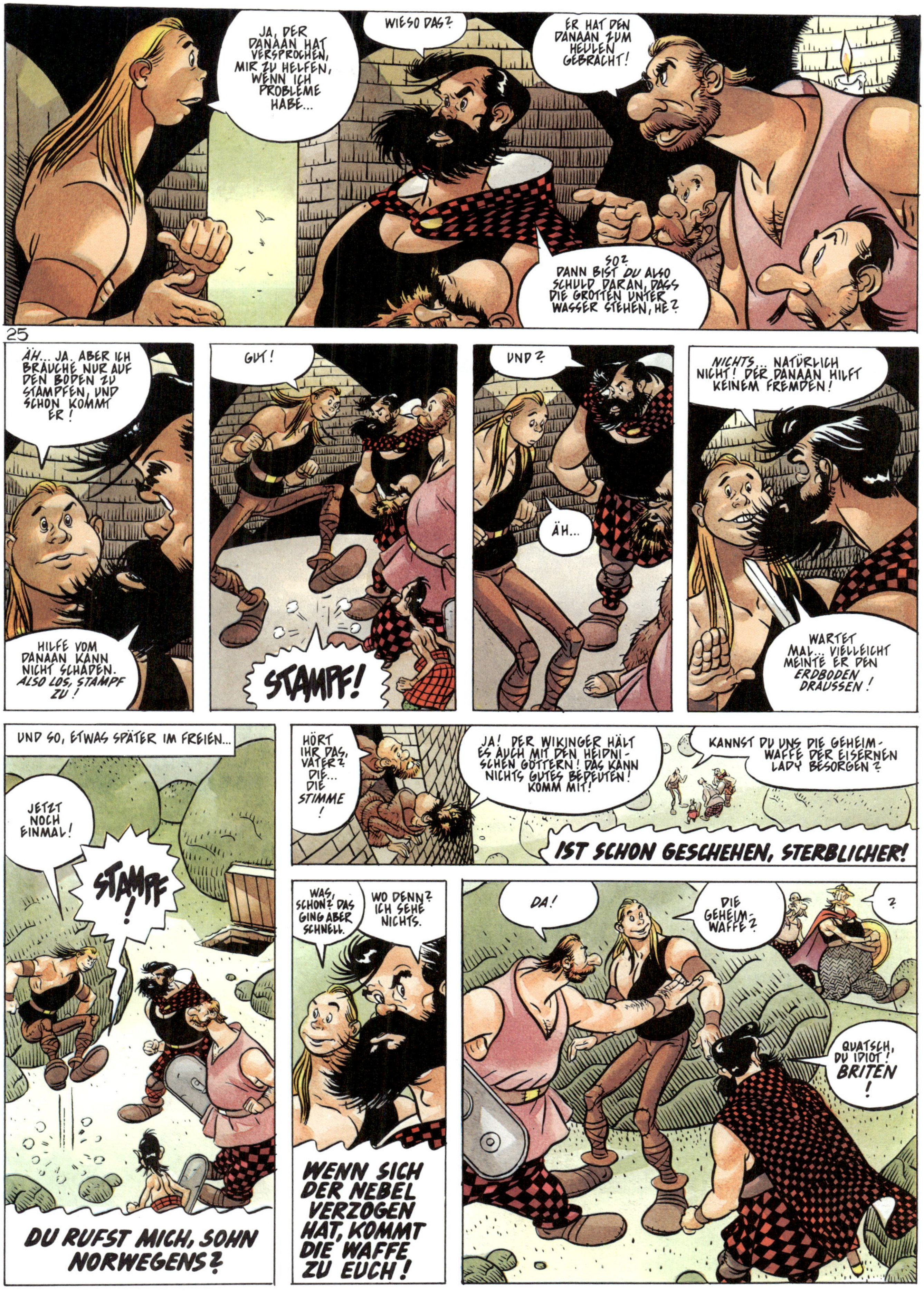

JA, DER DANAAN HAT VERSPROCHEN, MIR ZU HELFEN, WENN ICH PROBLEME HABE...
WIESO DAS?
ER HAT DEN DANAAN ZUM HEULEN GEBRACHT!
SO? DANN BIST DU ALSO SCHULD DARAN, DASS DIE GROTTEN UNTER WASSER STEHEN, HE?
ÄH... JA. ABER ICH BRAUCHE NUR AUF DEN BODEN ZU STAMPFEN, UND SCHON KOMMT ER!
HILFE VOM DANAAN KANN NICHT SCHADEN. ALSO LOS, STAMPF ZU!
GUT!
STAMPF!
UND?
ÄH...
NICHTS... NATÜRLICH NICHT! DER DANAAN HILFT KEINEM FREMDEN!
WARTET MAL... VIELLEICHT MEINTE ER DEN ERDBODEN DRAUSSEN!
UND SO, ETWAS SPÄTER IM FREIEN...
JETZT NOCH EINMAL!
STAMPF!
DU RUFST MICH, SOHN NORWEGENS?
HÖRT IHR DAS, VATER? DIE... DIE STIMME!
JA! DER WIKINGER HÄLT ES AUCH MIT DEN HEIDNISCHEN GÖTTERN! DAS KANN NICHTS GUTES BEDEUTEN! KOMM MIT!
KANNST DU UNS DIE GEHEIMWAFFE DER EISERNEN LADY BESORGEN?
IST SCHON GESCHEHEN, STERBLICHER!
WAS, SCHON? DAS GING ABER SCHNELL.
WO DENN? ICH SEHE NICHTS.
WENN SICH DER NEBEL VERZOGEN HAT, KOMMT DIE WAFFE ZU EUCH!
DA!
DIE GEHEIMWAFFE?
?
QUATSCH, DU IDIOT! BRITEN!

IREN! IRA O'DONNELL PERSÖNLICH! ERGREIFT SIE, MÄNNER!
WENN DAS EINER VERSUCHT, VEREINIGE ICH IHN AUF DER STELLE MIT SEINEN VORFAHREN!
NEIN, WARTET!
26
WIR WERDEN VERHANDELN!
DU KANNST MEINETWEGEN VERHANDELN...
...ICH SCHLAG IHM DEN SCHÄDEL EIN!
NEIN!
DOCH!
NEIN!
ABER KLAR!
HALT DICH DA RAUS!
DU DICH AUCH!
DIE VERRÜCKTEN IREN NEHMEN UNS WIEDER DIE GANZE ARBEIT AB!
BAFF!
PAFF!
DER NEBEL HAT SICH VERZOGEN!
HAUPTMANN! SIEH MAL DA!
?
KLAPP!
PATSCH
MEPP
PETSCH
?
WAS... WAS IST DENN DAS?
WER?
WAS?
WO SIND SIE?

ABER ... ABER DAS IST JA ... UNSER HAUPTQUARTIER! DIE BURG DER EISERNEN LADY!
UNMÖGLICH! DIE LIEGT HUNDERT MEILEN VON HIER, AUF DER ANDEREN SEITE IRLANDS!
ALARM! KRIEGER!! DA!!
?
IREN?
WAS SONST? DANN FEUERT MAL DRAUF LOS!
VERSTEHT DAS EINER?
NEIN.
GERADE EBEN LAG DAS MEER NOCH AUF DER ANDEREN SEITE!
AUF DIESER INSEL IST ALLES MÖGLICH!
DIE REINSTE ZAUBEREI!
WO SIND WIR ÜBERHAUPT?
KEINE AHNUNG! VIELLEICHT WEISS ES DIE EISERNE LADY!
ICH WERDE SIE WECKEN!
NICHT NÖTIG!
HIERVON WIRD SIE MIT SICHERHEIT WACH!
BLAM
FIUUUUUUUUUUUUUUU
WAS WAR DAS FÜR EIN KNALL?
EIN UNWETTER?
NEIN! HÖR NUR! DIESES PFEIFEN! DIE WAFFE DER EISERNEN LADY!
?
?

HEE! DIE IDIOTEN SCHIESSEN AUF UNS!
IN DECKUNG! SCHNELL!
DIE BURG DER EISERNEN LADY?
JA! DIE HAT DER DANAAN HIERHERGEZAUBERT! NATÜRLICH ZUSAMMEN MIT DER GEHEIMWAFFE!
BLAM
ABER WIR WOLLTEN DOCH NUR DIE GEHEIMWAFFE HABEN?
DAS HAT MAN NUN DAVON, WENN MAN AUF HEIDNISCHE KRÄFTE VERTRAUT!
BLAM
28
WEITER HINTEN...
UFF! ENDLICH IST DER VERDAMMTE NEBEL WEG!
JETZT KANN ICH WENIGSTENS WIEDER SEHEN, WO ICH HINTRETE!
BLAMM
BLAMM
WAS IST DENN DAS NUN WIEDER?
BLADAMM
KNALL
DERSELBE KRACH, DEN ICH IN DER GROTTE GEHÖRT HABE...
...BEVOR DIE BRITEN DORT EINGEFALLEN SIND!
BLAMM
OH!
BLADAM
O WIE FURCHTBAR! WAS IST DENN DAS? EIN VULKANAUSBRUCH? EIN ERDBEBEN?
KNALL
HILFE!
MEIN TURM!
BLAM
BLAM
BLAM

KNA
MEIN SCHÖNER TURM!
ZERSTÖRT!
NICHTS IST UNERSETZLICH, VATER MURPHY!
DAS IST DEINE SCHULD, O'DONNELL!
MEINE SCHULD ?
BLAM
HAB *ICH* DEN DANAAN ZU HILFE GERUFEN ODER DER WIKINGER ?
DAS IST WAHR!
ICH WERDE DEN NORMANNEN...
BLAM
29
WAS WOLLT IHR ? IHR HABT DIE GEHEIMWAFFE DOCH BEKOMMEN!
FIUUUUUUU
VOLL AUF MEINEN TURM, JA!
VORSICHT! DIE KOMMT GENAU AUF UNS ZU!
AU!
BLAM
NENNST DU DAS JEMANDEM DIE ANDERE BACKE HINHALTEN, VATER MURPHY ?
KRENG...
GARGL...
EIN VOLLTREFFER, MÄNNER! JETZT HABEN WIR SIE!
UFF! ES IST VORÜBER, GLAUBE ICH.
DA KOMMEN KRIEGER AUS DER BURG, HAUPTMANN!
SIE SOLLEN SEHEN, WER WIR SIND! DAMIT SIE NICHT NOCH EINMAL ANFANGEN!

HE! HALT! NICHT MEHR SCHIESSEN!
DIE LEBEN JA NOCH!
ABER... DAS IST JA... DAS IST HAUPTMANN MACMILLAN MIT SEINEN MÄNNERN!
WAS TUN DIE DENN HIER?
SIND DIE NICHT HINTER O'DONNELL UND SEINEN LEUTEN HER?
IHR SOLLTET DOCH AUF DER ANDEREN SEITE DER INSEL SEIN!
SIND WIR DOCH AUCH! ABER IHR NICHT!
WIE KOMMT IHR AUF EINMAL HIERHER, MIT DER BURG UND ALLEM?
EH... DAS KANN ICH ERKLÄREN!
30
WER IST DENN DAS?
EINER VON O'DONNELLS LEUTEN!
VON O'DONNELLS LEUTEN? UND O'DONNELL SELBST? WO IST DER?
HIER!
HALT DIE KLAPPE, DU IDIOT!
KANN ICH MEINEN OHREN NOCH TRAUEN, NACH ALL DEM GETÖSE HIER?
DIESE STIMME...
THOR!
?
?
PAPI!
HAT DIESES HÄUFCHEN UNGLÜCK ETWA AUCH NOCH EINEN VATER?
JA!
ZURÜCK AUS DEN TIEFEN DER ERDE! UND UNVERSEHRT! KOMM IN MEINE ARME!
WAS SOLL DAS NUN WIEDER?
DER WIKINGER, DEN WIR VERLOREN HATTEN!
BLEIB, WO DU BIST, PAPI!
...DAS SIND MÄNNER DER EISERNEN LADY! FLIEH!

BRINGT DEN KERL HER!
LAUF, PAPI, LAUF!
TU ICH JA, JUNGE!
ABER WOHIN? HIER KANN ICH MICH NIRGENDS VERSTECKEN!
VERTEILT EUCH, MÄNNER!
PSSST... HIERHER!
HE? WAS?
HIER-HER! SCHNELL!
HAB ICH NUN WAS GEHÖRT, ODER...
DA IST ER JA!
HIER REIN! NUN MACH SCHON!
31
WO IST ER HIN?
ICH BIN GANZ SICHER, DASS ICH IHN GESEHEN HABE!
WIR FINDEN IHN SCHON! BRINGEN WIR ERST MAL DEN ANDEREN ZUR EISERNEN LADY!
JA! DA WIRD SIE AUGEN MACHEN!
IRA O'DONNELL PERSÖNLICH! DARAUF HAT SIE LANGE GEWARTET!
KOMM!

DEM WIKINGER ZUFOLGE HAT UNS ALSO DIESER DA... ÄH... DIESER DINGSDA HIERHERGEBRACHT ...
TJA...
DER DANAAN WAR UNS JA EINE SCHÖNE HILFE!
SELBST SCHULD, O'DONNELL! HEIDNISCHEN KRÄFTEN IST NICHT ZU TRAUEN!
SOLL ICH NOCH MAL STAMPFEN?
32
NEIN! EIN MISSVERSTÄNDNIS REICHT UNS!
ACH, SOLANGE PAPI FREI HERUMLÄUFT, GIBT ES NOCH HOFFNUNG!
FREI...?
?
TRITT NÄHER, ERDBEWOHNER! DAS ZWERGENVOLK WIRD DIR HELFEN...
...WENN DU DEM ZWERGENVOLK HILFST!

IRA! IRA O'DONNELL! KNIRSCH! ES IST ALSO WAHR! PIEP DAS SCHICKSAL HAT UNS WIEDER KNIRSCH ZUSAMMENGEFÜHRT! PIEP ENDLICH! KNIRSCH
DIE EISERNE LADY!
DIE IST JA WIRKLICH AUS EISEN!
PIEP
UND ZIEMLICH VERROSTET!
KLAR, BEI DEM FEUCHTEN KLIMA!
KNIRSCH
KNIRSCH
WIEDER ZUSAMMENGEFÜHRT? WAS HEISST DAS?
STELL DICH NICHT SO DUMM, IRA -KNIRSCH- WEIL DEINE MÄNNER DABEI SIND -PIEP!- KNIRSCH!
KNIRSCH
PIEP
KNIRSCH
DUMM?
ER HAT MEINE TOCHTER ENTFÜHRT -PIEP- UND MITGENOMMEN -KNIRSCH- IN DEN UNTERGRUND!
PIEP
KNIRSCH
BLÖDSINN!
GENAU! WARUM HABEN WIR SIE DANN NIE DA GESEHEN?
EINE GUTE FRAGE!
ICH HABE AUCH EINE GUTE FRAGE!
WIE KANN IRA O'DONNELL -PIEP- EIN STERBLICHER -KNIRSCH- EINEN BUND SCHLIESSEN MIT DANAAN, DEM ALL, DEM EWIGEN?
KNIRSCH
ÄH... TJA... WIE EIGENTLICH, IRA?
WEIL DER DANAAN IRLAND IST UND WEIL ER ZUSAMMEN MIT UNS UM SEIN ÜBERLEBEN KÄMPFT!
ALLES LÜGE! WEIL IRA KEIN STERBLICHER IST! KNIRSCH
PIEP
PIEP
IRA? KEIN STERBLICHER?
DUMMES ZEUG!
VON WEGEN DUMMES ZEUG! IRA IST KEIN MENSCH! ER IST HORRIBEL, KÖNIG DER ZWERGE!
?
KÖNIG DER... WAS ?!?
KNIRSCH

ZUR SELBEN ZEIT, TIEF UNTER DER ERDE...
JA, IRA O'DONNELL IST UNSER KÖNIG HORRIBEL! VOR VIELEN JAHREN, ALS ALLES IN IRLAND NOCH RUHE UND FRIEDEN ATMETE, BEEHRTE DIE KÖNIGIN VON ENGLAND ZUSAMMEN MIT IHRER TOCHTER UNSERE SCHÖNE INSEL MIT IHREM BESUCH. SIE WURDE VON ALLEN IRISCHEN EDELLEUTEN EMPFANGEN...
DARUNTER WAR AUCH UNSER KÖNIG, DER SICH UNSTERBLICH VERLIEBTE IN DIE SCHÖNE BRITISCHE PRINZESSIN...
...DER MANN MEINER TRÄUME MUSS EIN FINSTERER WÜSTLING SEIN, MIT EINER STUPSNASE UND BLAUEN AUGEN...
DAS LÄSST SICH MACHEN!
UND ER NAHM DIE GESTALT JENES MANNES AN, VON DEM SIE TRÄUMTE, DENN SEINE ZAUBERKRAFT IST GROSS, UND ER KONNTE IHRE GEDANKEN LESEN... UND DIE PRINZESSIN ERWIDERTE SEINE LIEBE...
NATÜRLICH, HEHE!
MEIN FINSTERER WÜSTLING!
VON DER KÖNIGIN ERLANGTE ER DIE ZUSTIMMUNG ZUR HEIRAT DADURCH, DASS ER IHR DAS GEHEIMNIS DES KNALLKRAUTS OFFENBARTE, WELCHES SEINEM BESITZER GROSSE MACHT VERLEIHT UND IHN UNBESIEGBAR MACHT.
UND DANN... BUMM!
UND... BADAM!
BUMM UND BADAM?... GEFÄLLT MIR NICHT ÜBEL, MEIN KÜNFTIGER SCHWIEGERSOHN!
DOCH ALS ER DIE PRINZESSIN MITNAHM IN SEIN KÖNIGREICH UND IHR SEIN WAHRES AUSSEHEN ZEIGTE, WURDE SIE VOR SCHRECK GANZ STARR, SCHLUG DIE HAND VORS GESICHT UND SCHRIE, DASS SIE ZU IHRER MUTTER ZURÜCK WOLLE...
ICH WILL WIEDER ZU MEINER MUTTER!
NIEMALS! EHER VERWANDLE ICH DICH IN STEIN, UM DICH FÜR ALLE ZEITEN BEI MIR ZU HABEN!
UND DIESEN WORTEN LIESS ER TATEN FOLGEN...
DIESES KAM DER KÖNIGIN ZU OHREN, UND SIE SANDTE MÄNNER AUS, UM UNSEREN KÖNIG ZU STRAFEN UND IHRE TOCHTER ZU BEFREIEN, ABER KEINER KEHRTE ZURÜCK, UND SIE SELBST ERWACHTE EINES MORGENS MIT HEFTIGEN SCHMERZEN UND ENTDECKTE, DASS MAN SIE IN EISEN VERWANDELT HATTE...
DA ROSTET SIE NUN LANGSAM VOR SICH HIN, HEHEHE! EIN SCHLIMMES ENDE FÜR EINE KÖNIGIN, ABER NICHT UNBEDINGT FÜR EINE SCHWIEGERMUTTER!
H... HI... HILFE!

DIE KÖNIGIN NAHM RACHE... MIT HILFE DES KNALLKRAUTS, DAS TOD UND VERDERBEN SÄT, BESIEGTE SIE IRLANDS FÜRSTEN IN EINEM VERHEERENDEN KRIEG...
ZUM... PIEP ANGRIFF! KNIRSCH
KNIRSCH
PIEP
PIEP
WIR VERSTIESSEN UNSEREN KÖNIG UND UNTERSAGTEN IHM UNTER DER ANDROHUNG EWIGER VERDAMMNIS DAS RECHT, SEINE ZAUBERMACHT JE WIEDER ANZUWENDEN... DENN WER EINMAL SEINE MACHT MISSBRAUCHT HAT, WIRD DIES AUCH EIN ZWEITES MAL TUN... DANN LEGTEN WIR SCHWARZE KLEIDUNG AN UND WERDEN DIESE ZUM ZEICHEN UNSERER TRAUER SO LANGE TRAGEN, BIS JEMAND KOMMT, DER UNS VON DEM FLUCH, DER AUF IRLAND LASTET, BEFREIEN KANN.
SCHNIEF
SEUFZ
SCHLUCK
SCHNIEF
SCHLUCK
SCHNEUZ
SCHNIEF
...UND ENDLICH IST JEMAND GEKOMMEN: DEIN SOHN!
THOR?
JA, DENN DER DANAAN HAT IRA UND SEINE LEUTE AUSGEWEINT, DANK DEINEM SOHN!
HORRIBEL HATTE NÄMLICH MIT DEM DANAAN EINEN PAKT GESCHLOSSEN. ER WOLLTE DIE BRITEN SCHLAGEN UND SO SEINE UNTAT UNGESCHEHEN MACHEN!
ABER NUN KANN DER DANAAN SEHEN UND STEHT IN DEINES SOHNES SCHULD.
...FINDE DEINEN SOHN. ER MUSS DEN DANAAN BITTEN, DIESES STEINBILD WIEDER ZUM LEBEN ZU ERWECKEN, DAMIT IRLAND FREI WERDE!
ICH WERDE MEIN BESTES TUN, WENN ICH AUCH NICHT ALLES BEGRIFFEN HABE...
INZWISCHEN...
...DAS WAR DIE GANZE GESCHICHTE, IHR MÄNNER AUS IRLAND, UND DORT STEHT DER, DEM IHR EUER ELEND VERDANKT... HORRIBEL, DER KÖNIG DER ZWERGE!
SIE IST VERRÜCKT! ICH BIN IRA! IRA O'DONNELL!
WIE SOLLEN WIR WISSEN, WER HIER DIE WAHRHEIT SAGT?
PIEP
KNIRSCH
PIEP
DA KANN ICH VIELLEICHT HELFEN...

DU? WIE DAS?
INDEM ICH DEN DANAAN RUFE UND IHN FRAGE!
HÖRT NICHT AUF DEN WIKINGER! ER IST SCHULD, DASS WIR HIER SIND!
GENAU! ER HAT NOCH ETWAS GUTZUMACHEN. STAMPFE!
NA SCHÖN.
STAMPF!
BIST DU DAS, STERBLICHER, DER MIR DAS LICHT GAB IM REINEN WASSER?
JA, DANAAN! UND ICH WILL WISSEN, WER IRA O'DONNELL WIRKLICH IST!
EINMISCHUNG!
SEI STILL!
36
IRA O'DONNELL IST HORRIBEL, DER KÖNIG DER ZWERGE!
ES IST ALSO WAHR...
DU MIESER SCHURKE! UND WIR HABEN GEGLAUBT, WIR KÄMPFTEN FÜR IRLAND! DU HAST UNS SCHAMLOS AUSGENUTZT!
NEIN!
DOCH!
PIEP
...UND DU HAST DIE GANZE ZEIT DAS GEHEIMNIS DER FEUERWAFFE GEKANNT, OHNE ETWAS ZU SAGEN?
HO! MAN HATTE MICH MEINER ZAUBERKRAFT BERAUBT, DARUM MUSSTE ICH NACH ANDEREN WEGEN SUCHEN, UM IRLAND VON DEM FLUCH ZU BEFREIEN!
DER FLUCH BIST DU!
JA! ERGREIFT IHN!
PFOTEN WEG!
PASS AUF!
PLOPP
PACKT MICH DOCH!
...WENN IHR KÖNNT, HEHEHE!
LOS, HINTERHER!
NEIN! HALTET DIE IREN AUF! HORRIBEL GEHÖRT MIR!
KNIRSCH
PIEP

UNWEIT DAVON...
THOR SUCHEN... UND DEN DANAAN RUFEN... WIE SOLL ICH DAS BLOSS SCHAFFEN?
...UND ZU ALLEM ÜBERFLUSS FÄNGT ES SCHON WIEDER AN, NEBLIG ZU WERDEN!
WARTE! MIR IST, ALS SEHE ICH DA WAS! TÜRME... MAUERN... OB DIE EISERNE...
HE!
WAS WAR DENN DAS?
KAM MIR FAST SO VOR, ALS LIEFE DA WAS UNTER MIR DURCH...
UMPF!
AU!
THOR! DU KOMMST WIE GERUFEN!
ICH HABE MICH NACH DRAUSSEN DURCHGEKÄMPFT, UM DEN ZWERGENKÖNIG ZU FANGEN!
HAST DU IHN GESEHEN, PAPI?
NA JA, GESEHEN... ER IST GERADE UNTER MIR HINDURCHGEHUSCHT!
DAS WAR ER! ER IST SCHNELL WIE DAS WASSER! ALLEIN KRIEGEN WIR IHN NIE ZU FASSEN!
STAMPF!
STAMPF!
DESWEGEN BRAUCHST DU DOCH NICHT GLEICH WIE EIN VERZOGENES KLEINKIND AUF DEN BODEN ZU STAMPFEN, JUNGE! WEG IST WEG!
WAS NUN NOCH, STERBLICHER? MEIN DANK IST GROSS, ABER NUN WILL ICH ENDLICH IN RUHE GENIESSEN, WAS DAS LICHT MIR SCHENKT!
ÄH? WAS... WER...
DANAAN! GIB DER PRINZESSIN IHRE URSPRÜNGLICHE GESTALT ZURÜCK!

DAS IST UNMÖGLICH, STERBLICHER! DAS WÄRE VERTRAGSBRUCH! ICH HABE EIN ABKOMMEN MIT HORRIBEL!
DANN IST ALLES VERLOREN?
WENN DER DANAAN NICHT HELFEN KANN... TJA...
SCHNELL! HIER HEREIN, IHR BEIDEN!
WER IST DAS?
DAS IST MEIN FREUND.
UND ICH HABE KEINE GUTE NACHRICHT FÜR IHN...
HÖRT MAL ZU... DEM DANAAN IST ES LEIDER UNMÖGLICH...
SPÄTER! SPÄTER! WIR DÜRFEN KEINE ZEIT VERLIEREN! HORRIBEL IST ZURÜCK UND WILL DAS BILD ZERSTÖREN! DEIN SOHN MUSS IHN AUFHALTEN!
ICH? WIE DENN?
MIT HILFE DES DANAAN, DACHTEN SIE, ABER DARAUS WURDE JA NICHTS.
HÖRT, WIE DAS ZWERGENVOLK KLAGT...
NEIN!
TU ES NICHT...
LASS AB VON IHR, HORRIBEL!
38
OH... HALT IHN AUF, THOR!
WIE?
ER HAT EINEN MAGISCHEN KREIS UM SICH UND DAS BILD GEZOGEN! NIEMAND KANN ZWISCHEN DIE BEIDEN TRETEN! NUR DER DANAAN!
WIRD DAS BILD ZERSTÖRT, SIND WIR AUF EWIG VERDAMMT!
UND IRLAND MIT UNS! O WEH!
HORRIBEL, NEIN!
HAHA! VERBANNT BIN ICH! UND VERDAMMT! ABER ICH WERDE DAFÜR SORGEN, DASS ES MICH NICHT ALLEIN TRIFFT!
HORRIBEL BRICHT ALLE GESETZE!
DAS ZAUBERVERBOT...
WEH UNS!
ARME ZWERGE...

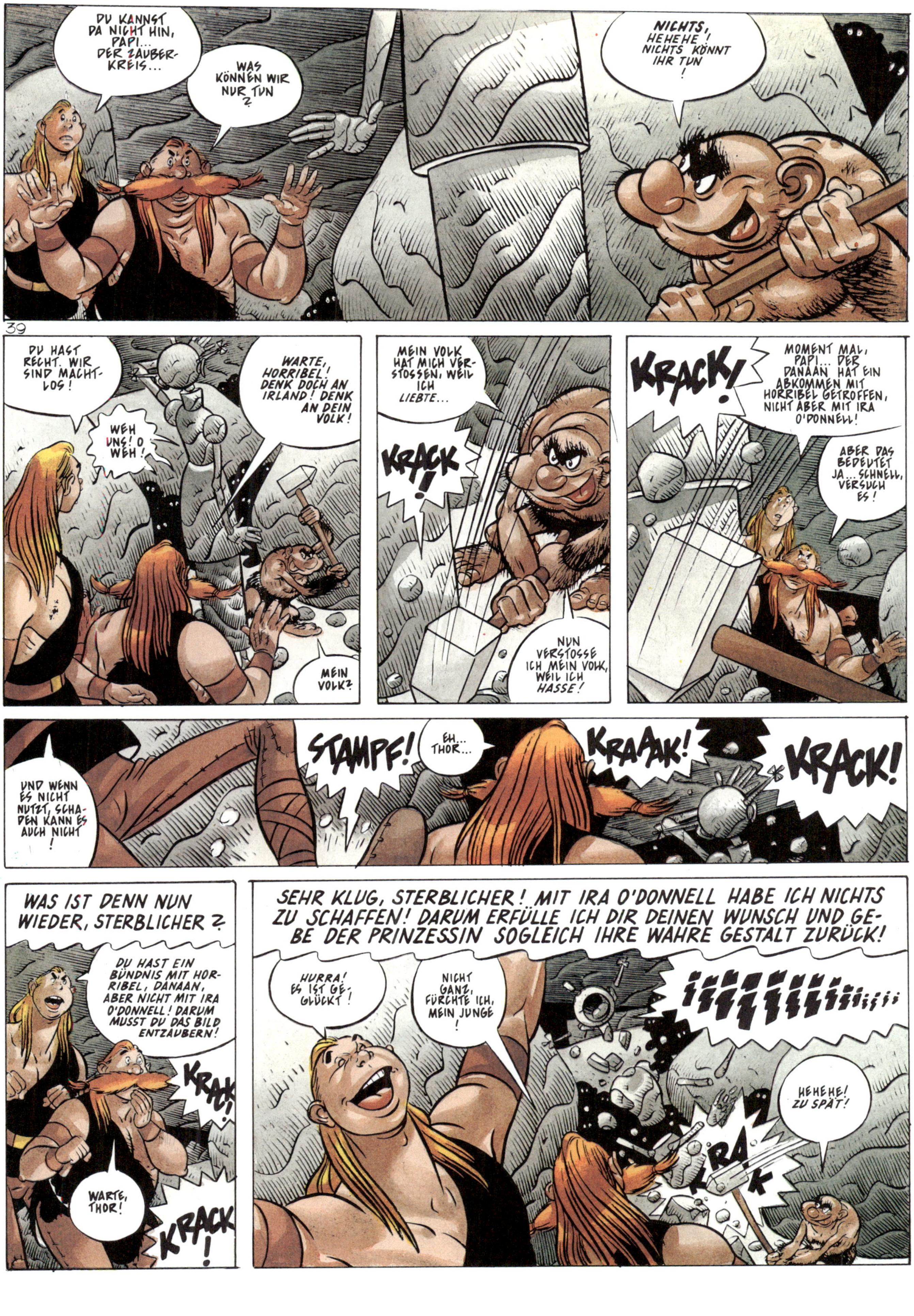
DU KANNST DA NICHT HIN, PAPI... DER ZAUBERKREIS...
WAS KÖNNEN WIR NUR TUN?
NICHTS, HEHEHE! NICHTS KÖNNT IHR TUN!
39
DU HAST RECHT. WIR SIND MACHTLOS!
WEH UNS! O WEH!
WARTE, HORRIBEL! DENK DOCH AN IRLAND! DENK AN DEIN VOLK!
MEIN VOLK?
MEIN VOLK HAT MICH VERSTOSSEN, WEIL ICH LIEBTE...
KRACK!
NUN VERSTOSSE ICH MEIN VOLK, WEIL ICH HASSE!
KRACK!
MOMENT MAL, PAPI... DER DANAAN HAT EIN ABKOMMEN MIT HORRIBEL GETROFFEN, NICHT ABER MIT IRA O'DONNELL!
ABER DAS BEDEUTET JA... SCHNELL, VERSUCH ES!
UND WENN ES NICHT NUTZT, SCHADEN KANN ES AUCH NICHT!
STAMPF!
EH... THOR...
KRAAAK!
KRACK!
WAS IST DENN NUN WIEDER, STERBLICHER?
DU HAST EIN BÜNDNIS MIT HORRIBEL, DANAAN, ABER NICHT MIT IRA O'DONNELL! DARUM MUSST DU DAS BILD ENTZAUBERN!
KRACK!
WARTE, THOR!
KRACK!
SEHR KLUG, STERBLICHER! MIT IRA O'DONNELL HABE ICH NICHTS ZU SCHAFFEN! DARUM ERFÜLLE ICH DIR DEINEN WUNSCH UND GEBE DER PRINZESSIN SOGLEICH IHRE WAHRE GESTALT ZURÜCK!
HURRA! ES IST GEGLÜCKT!
NICHT GANZ, FÜRCHTE ICH, MEIN JUNGE!
¡¡¡¡¡¡¡¡¡¡¡¡¡¡¡¡¡
HEHEHE! ZU SPÄT!
KRAK

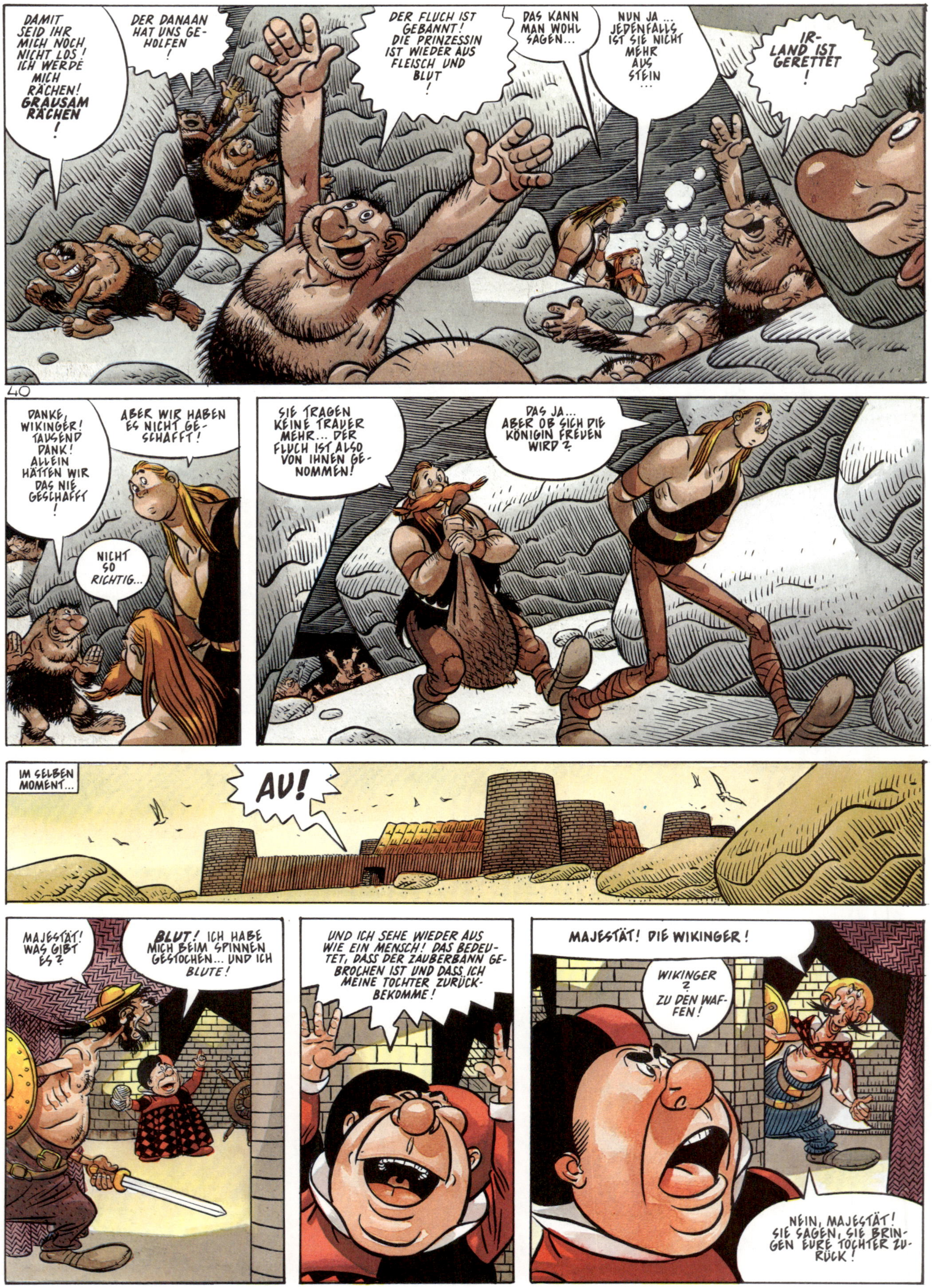
DAMIT SEID IHR MICH NOCH NICHT LOS! ICH WERDE MICH RÄCHEN! GRAUSAM RÄCHEN!
DER DANAAN HAT UNS GEHOLFEN!
DER FLUCH IST GEBANNT! DIE PRINZESSIN IST WIEDER AUS FLEISCH UND BLUT!
DAS KANN MAN WOHL SAGEN...
NUN JA ... JEDENFALLS IST SIE NICHT MEHR AUS STEIN ...
IRLAND IST GERETTET!
DANKE, WIKINGER! TAUSEND DANK! ALLEIN HÄTTEN WIR DAS NIE GESCHAFFT!
ABER WIR HABEN ES NICHT GESCHAFFT!
NICHT SO RICHTIG...
SIE TRAGEN KEINE TRAUER MEHR... DER FLUCH IST ALSO VON IHNEN GENOMMEN!
DAS JA... ABER OB SICH DIE KÖNIGIN FREUEN WIRD?
IM SELBEN MOMENT...
AU!
MAJESTÄT! WAS GIBT ES?
BLUT! ICH HABE MICH BEIM SPINNEN GESTOCHEN... UND ICH BLUTE!
UND ICH SEHE WIEDER AUS WIE EIN MENSCH! DAS BEDEUTET, DASS DER ZAUBERBANN GEBROCHEN IST UND DASS ICH MEINE TOCHTER ZURÜCKBEKOMME!
MAJESTÄT! DIE WIKINGER!
WIKINGER? ZU DEN WAFFEN!
NEIN, MAJESTÄT! SIE SAGEN, SIE BRINGEN EURE TOCHTER ZURÜCK!

ÄH... HALLO, MAJESTÄT!
ALSO IHR HABT GESCHAFFT, WORAN JEDER VOR EUCH GESCHEITERT IST. UND WO... WO HABT IHR MEINE TOCHTER?
GIB IHR DEN SACK, PAPI!
FLEISCH!? UND OBENDREIN VERDORBEN! EIN HÖCHST SELTSAMES GESCHENK FÜR EINE KÖNIGIN!... WO IST DENN NUN MEINE TOCHTER?
DAS... ÄH... DAS IST EURE TOCHTER, MAJESTÄT...
EINE VERKETTUNG UNGLÜCKLICHER UMSTÄNDE...
WAAAS ??
ZU DEN WAFFEN! BRINGT DEN DONNERSTEIN! FÜLLT DIE EISERNEN KÖCHER MIT KNALLKRAUT! ICH WERDE IRLAND VOM ERDBODEN FEGEN!
RAAAH!
KOMM, THOR! WIR MÜSSEN LANGSAM WEITER... NACH HAUSE!
JA, MUTTI WIRD SICH SCHON FRAGEN, WO WIR SO LANGE BLEIBEN...
STAMPF
STAMPF!
WAS IST DENN NOCH, STERBLICHER? ICH WILL MEINE RUHE!
RUHE, HE? DU SOLLST DEINE RUHE HABEN! DIE EWIGE RUHE!
ICH HABE MICH GETÄUSCHT! DAS IST GAR NICHT SEINE STIMME!
WARTE, DANAAN! TU MIR EINEN LETZTEN GEFALLEN!... BEFREIE IRLAND VON ALLEM, WAS BRITISCH IST!
IST SCHON GESCHEHEN, STERBLICHER!
EH! WO IST DENN DIE ZELLE GEBLIEBEN?
ALLMÄCHTIGER! HÄTTE DAS NICHT ETWAS FRÜHER PASSIEREN KÖNNEN?
ES IST MIR JETZT ERST EINGEFALLEN!
ZAUBEREI! SCHON WIEDER! ICH WERDE DIESES HEIDNISCHE GESOCKS MIT STUMPF UND STIEL AUSROTTEN!
ICH ZIEHE MICH JETZT ZURÜCK, STERBLICHER! JAHRHUNDERTE WILL ICH GENIESSEN, WAS DAS TAGESLICHT MIR SCHENKT! LEB WOHL!

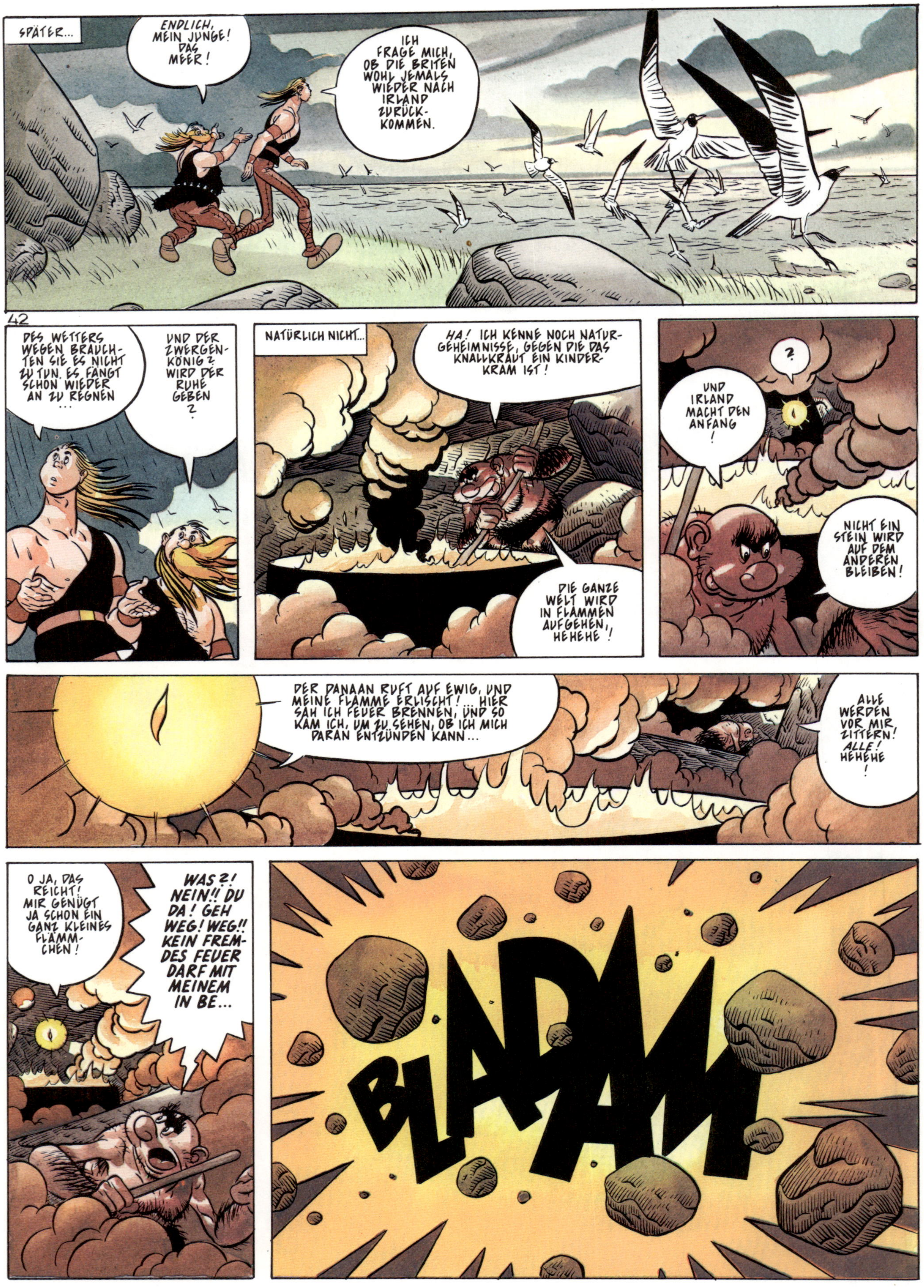
SPÄTER...
ENDLICH, MEIN JUNGE! DAS MEER!
ICH FRAGE MICH, OB DIE BRITEN WOHL JEMALS WIEDER NACH IRLAND ZURÜCKKOMMEN.
42
DES WETTERS WEGEN BRAUCHTEN SIE ES NICHT ZU TUN. ES FÄNGT SCHON WIEDER AN ZU REGNEN ...
UND DER ZWERGENKÖNIG? WIRD DER RUHE GEBEN?
NATÜRLICH NICHT...
HA! ICH KENNE NOCH NATURGEHEIMNISSE, GEGEN DIE DAS KNALLKRAUT EIN KINDERKRAM IST!
DIE GANZE WELT WIRD IN FLAMMEN AUFGEHEN, HEHEHE!
?
UND IRLAND MACHT DEN ANFANG!
NICHT EIN STEIN WIRD AUF DEM ANDEREN BLEIBEN!
DER DANAAN RUFT AUF EWIG, UND MEINE FLAMME ERLISCHT! ... HIER SAH ICH FEUER BRENNEN, UND SO KAM ICH, UM ZU SEHEN, OB ICH MICH DARAN ENTZÜNDEN KANN...
ALLE WERDEN VOR MIR ZITTERN! ALLE! HEHEHE!
O JA, DAS REICHT! MIR GENÜGT JA SCHON EIN GANZ KLEINES FLÄMMCHEN!
WAS?! NEIN!! DU DA! GEH WEG! WEG!! KEIN FREMDES FEUER DARF MIT MEINEM IN BE...
BLADAM

... UND SO GING DER GEIST VON IRA/HORRIBEL IN DIE LUFT, DOCH AUF DER GRÜNEN INSEL SPUKTE ER NOCH LANGE, LANGE ZEIT HERUM ...
WRAAK!
WRAAK!
WRAAK!
WRAAK!
WRAAK!
WRAAK!
WRAAK!
43
HAST DU DEN LÄRM GEHÖRT, PAPI? ES GIBT BESTIMMT EIN UNWETTER!
NICHT MEHR LANGE, MEIN JUNGE, DANN SIND WIR DAHEIM IN UNSEREM SCHÖNEN NORWEGEN!
DAS HOFFE ICH!
WAS SOLL DAS DENN HEISSEN, HE?
NICHTS, PAPI! ICH HOFFE NUR, DASS WIR RECHT BALD DIE SONNE UND DIE STERNE SEHEN WERDEN... DANN LÄSST ES SICH LEICHTER KURS HALTEN!

UND DIE ANDEREN IREN? WAS WURDE AUS DENEN?
GUCK! JETZT HÄLT ER MIR DIE EINE BACKE HIN!
DIE RECHTE!
GENAU!
BAFF!
UND JETZT KRIEGT ER VON MIR NOCH WAS AUF DIE ANDERE!
SEHR INTERESSANT, SO EINE BEKEHRUNG!... WO KANN MAN SO WAS MACHEN?
BEI VATER MURPHY IM TURM!
44
GUT, VATER MURPHY! SIE LASSEN SICH BEKEHREN... ABER WERDEN SIE ES JEMALS *WIRKLICH* BEGREIFEN?
ACH, ICH FÜRCHTE, **NIEMALS**, VATER SEAN!
UND HAU NICHT VORBEI, JA?
DA MACH DIR NUR KEINE SORGEN... HEHEHE!

~ENDE~

CARLSEN COMICS

Das bunte Programm

TIM UND STRUPPI

Tim, sein Hund Struppi, der immerzu fluchende Kapitän Haddock, die Detektive Schulze und Schultze, Professor Bienlein und die unnachahmliche Sängerin Castafiore – sie begeistern nun schon fast ein Menschenalter lang alle Leser „zwischen acht und achtzig"

Von Hergé.

ALFRED JODOCUS KWAK

Die große Comic-Serie nach der erfolgreichen Musikfabel von Herman van Veen!

Von Herman van Veen, Hans Bacher und Harald Siepermann.

GASTON

Mit seinen verrückten Einfällen und Erfindungen bringt der Bürobote Gaston die gesamte Belegschaft des Carlsen Verlages an den Rand des Wahnsinns. Gaston ist die größte Katastrophe, seit es Comics gibt.

Von André Franquin.

SPIROU UND FANTASIO

Nichts ist aufregender als ein Tag im Leben von Spirou und seinem Freund Fantasio. Dafür sorgt schon das Marsupilami, das gefleckte Wundertier mit dem unendlich langen Schwanz!

Von André Franquin und Jean-Claude Fournier.

SPIROU CLASSICS

Eine Liebhaberausgabe mit klassischen Spirou-Geschichten aus den 40er Jahren.

Von André Franquin.

DIE ABENTEUER DES MARSUPILAMIS

Der palumbianische Urwald, die Heimat des Marsupilamis, wurde noch von kaum einem Menschen betreten. Was das gelbe Wundertier mit dem neun Meter langen Schwanz hier erlebt, schildert diese neue Albumreihe.

Von Franquin, Greg und Batem.

CUBITUS

Cubitus, die gewichtige Hundepersönlichkeit, ist mit allen Wassern gewaschen, wenn es darum geht, seinen Herrn Bojenberg zur Verzweiflung zu bringen. Nur dem feisten Kater Paustian ist er nicht immer gewachsen…

Von Dupa.

YOKO TSUNO

Die japanische Elektronik-Spezialistin Yoko Tsuno und ihre Begleiter Vic und Knut erleben phantastische Abenteuer im Weltraum und auf der Erde.

Von Roger Leloup.

DER ROTE KORSAR

Schon sein Name bringt jeden Seemann der Sieben Weltmeere zum Erzittern. Zusammen mit seiner wilden Meute macht der Rote Korsar Jagd auf die Schätze von Edelleuten und Königen.

Von Jean-Michel Charlier und Victor Hubinon.

PERCY PICKWICK

Sehr „britisch" ist die Lebensart von Percy Pickwick, dem Geheimagenten Ihrer Majestät. Seinen gefährlichen Beruf bewältigt Pickwick mit viel Humor.

Von Turk, Bédu und de Groot.

PRINZ EISENHERZ

Hal Fosters gewaltiges Epos aus den Tagen König Arthurs erscheint in dieser Edition endlich als vollständige und originalgetreue Gesamtausgabe.

Von Hal Foster.

JEFF JORDAN

Jeff Jordan ist ein Privatdetektiv, dem kein Fall zu gefährlich ist. Ihm zur Seite stehen Teddy, ein ehemaliger „schwerer Junge" sowie der unnachahmliche Inspektor Stiesel.

Von Maurice Tillieux.

comicArt

Comics für Kenner

REISENDE IM WIND

Auf einem Sklavenschiff gelangt die Adlige Isabeau de Marnaye gegen Ende des 18. Jahrhunderts bis nach Afrika und wird dort mit der grausamen Realität des Menschenhandels konfrontiert.

Von François Bourgeon.

DIE TÜRME VON BOS-MAURY

Diese brillante Serie erzählt die Geschichte des jungen Gereoy, der dem Folterkeller entrann und in eine ungewisse Zukunft unterwegs ist.

Von Hermann.

THORGAL

Der gefürchtete Wikinger-Krieger Thorgal erlebt dramatische Abenteuer in einer bizarren Welt der Magie und der Gefahren.

Von Jean van Hamme und Grzegorz Rosinski.

AUF DER SUCHE NACH DEM VOGEL DER ZEIT

Eine große Gefahr bedroht das Reich Akbar. Pelissa reist durch unzählige Gefahren, um den Vogel der Zeit zu suchen. Nur er kann Akbar retten…

Von Le Tendre und Loisel.

DIE SPUREN DER GÖTTER

Im südamerikanischen Dschungel sucht eine Gruppe von Wissenschaftlern nach der „Quelle des ewigen Lebens“. Doch zwischen den Rätseln der Vergangenheit stößt die Expedition auf die Spuren der Götter…

Von Birger und Rafael.

JOHN DIFOOL

Privatdetektiv John Difool, der Held dieser meisterhaften Science-Fiction-Serie, wird zur meistgesuchten Person des ganzen korrupten Planeten.

Von Jodorowsky und Moebius.

ALEF-THAU

Chaos herrscht auf dem Planeten Mu-Dhara, den der gefürchtete Ner Ramnus von seinem Raumschiff aus beherrscht. Ist Alef-Thau wirklich der Retter, von dem die Legende der Dharianer spricht?

Von Jodorowsky und Arno.

DIE VORSTADT-GANG

In der Pariser Vorstadt ist immer was los. Mit spritziger Feder hat Margerin die ausgeflippten Abenteuer einer Jugendgang aufgezeichnet.

Von Frank Margerin.

DIE HAIE VON LAGOS

Ein abenteuerlicher Report über die moderne Piraterie. Im Mittelpunkt steht Patrick Lambert, ein Weißer in einer schwarzen Welt. In seinem Kampf gibt es nur zwei Möglichkeiten: Reichtum oder Untergang!

Von Matthias Schultheiss.

BILAL/CHRISTIN

Enki Bilal und Pierre Christin sind Meister der hintergründigen Polit-Fiktion. Mit einem Hauch Phantastik widmen sie sich in jedem Band einem neuen Thema unserer Wirklichkeit.

Von Pierre Christin und Enki Bilal.

CORTO MALTESE

Corto Maltese ist ein Einzelgänger, ein Kapitän ohne Schiff. Er lebt in einer Welt, in der sich Realität, Magie und Phantasie ständig vermischen. Ein meisterhaftes Abenteuer-Epos!

Von Hugo Pratt.

EIN INDIANISCHER SOMMER

Dieser meisterhafte, zweibändige Comic-Roman schildert die schicksalhaften Ereignisse um die Siedlung Neu-Kanaan Ende der 20er Jahre des 17. Jahrhunderts.

Von Hugo Pratt und Milo Manara.